LÚCIA (XUXU) MURAD NEFFA

Milagre em Passadouro

TRÊS RELIGIOSOS E UMA CIDADE ESQUECIDA POR DEUS

Diretora
Rosely Boschini

Gerente Editorial
Carolina Rocha

Assistente Editorial
Franciane Batagin Ribeiro

Controle de Produção
Fábio Esteves

Projeto gráfico, diagramação e capa
Luyse Costa

Preparação
Malvina Tomáz

Revisão
Carlos Laet de Oliveira
Lúcia (Xuxu) Murad Neffa
Olívia Tavares
Mariane Genaro

Impressão
Gráfica Assahi

Única é um selo da Editora Gente.

Rua Wisard, 305 — sala 53
São Paulo, SP — CEP 05434-080
Telefone: (11) 3670-2500
Site: www.editoragente.com.br
E-mail: gente@editoragente.com.br

Dados Internacionais de Catalogação na Publicação (CIP)
Angélica Ilacqua CRB-8/7057

Neffa, Lúcia Murad
Milagre em Passadouro: três religiosos e uma cidade esquecida por Deus / Lúcia (Xuxu) Murad Neffa. -- São Paulo: Única, 2019.
144 p.

ISBN 978-85-9490-047-0

1. Ficção brasileira I. Título

19-0458 CDD B869.3

---

1. Ficção brasileira

Ao professor Carlos Laet de Oliveira

Ao terminar meu primeiro livro sobre empresas familiares, não me passava pela cabeça escrever nada mais, técnico ou subjetivo, sobre o tema que fosse.

Ocorre que as aulas de português que me são ministradas por Carlos Laet de Oliveira, desde 2012, me impuseram a obrigação moral do registro público de parte do que me é transmitido, que ficava, até então, restrito ao seu acervo pessoal.

Com intuito de ofertar um pouco do muito que recebi desse pesquisador inigualável de nossa estimável língua, escrevi estoutra obra, propositadamente em linguagens moderna e clássica associadas.

Prezo e exalço a beleza do idioma aos quatro cantos do mundo. Busco aprendê-lo em sua graça e limpidez, que só grandes mestres são capazes de assim mostrar.

O rigor gramatical de que não abro mão não tira o lustro de uma leitura prazerosa que, por certo, contentará o leitor. Ao menos torço por agradar.

E como eu, empresária, iniciei um romance e, inexplicavelmente, cheguei ao final dele, há uma única possível explicação: foram as mãos delituosas de meus personagens, as responsáveis pelo desenrolar do livro *Milagre em Passadouro*.

Ou terá sido um milagre dos clássicos de nossa língua vernácula?

Às mulheres da minha vida

Dedico esta obra a minha mãe, Maria Helena Murad Neffa, e a Rosana Lúcia Tamanini, minha companheira, há mais de sei lá quantos anos; tantos são, que já me perdi.

Mas pouco importam detalhes, senão o amor por minhas mulheres, que estimula meu espírito, que fortifica a minha carne e que me dá a resistência de que necessito para seguir em frente e transpor rotas sinuosas.

Quero dizer que, por elas, meu coração bate descomedido.

De minha mãe guardo, até um dia revê-la, a mais forte das recordações.

Acho que ela se orgulha de mim.

No intuito, aqui, de homenagem singular a minha Rô, declaro a todos que me leem:

— Nada melhor do que a renúncia e a subordinação para uma convivência duradoura e respeitosa.

sumário

introdução

Este é o romance de estreia de Lúcia (Xuxu) Murad Neffa. A excelência da trama, a força dos personagens e o cuidado com a renovação da linguagem caracterizam o romance como obra de um escritor experiente. Os personagens são tão marcantes que até influenciam a Autora durante a narrativa, como podemos ver nesta passagem que exemplifica, de certa forma, o anti-ilusionismo:

"Abstive-me, por precaução, de inquirir os protagonistas sobre pormenores, até porque personagens são assim mesmo: muito do que maquinam não é explicado ao romancista."

O relato é tão forte que dá a impressão de que a cidade de Passadouro do Norte, no interior do Brasil, onde ocorre a trama, é efetivamente um lugar "de clima propício a milagres".

Na introdução deste romance, à pala de apresentação, a Autora diz não ter aberto mão da obediência à norma culta, na confecção da obra, o que leva o leitor a acreditar que ela põe a gramática acima da criatividade literária. José Saramago, o único autor de língua portuguesa a receber o Prêmio Nobel de Literatura, é rigoroso com relação à norma culta, sem deixar de inovar na sintaxe. Da mesma forma, não da mesma maneira, o rigor gramatical não impede Lúcia Neffa de renovar a linguagem, misturando, com mestria, o clássico com o popular. Assim como aparecem expressões, como "está na cara; herói do pedaço; quebrou a cara; viver numa boa; a essa altura do campeonato", etc., também aparecem construções como "o que se não diz; palavras de ordem parece terem sido; não no ignoro; em obséquio da verdade; por antefim; guardar cautela", etc.

É claro que a obediência à norma culta não a exime de retratar a prosódia distorcida de Riba, o personagem principal, em corruptelas e hiperbibasmos (isto é, o deslocamento do acento de intensidade), sobretudo quanto às vogais dos vocábulos: delapidada, degladiar, esmarcar, femenina, áustera, impóluto, púdica, desprazeiroso, etc.

Na verdade, a Autora brinca o tempo todo com a linguagem, não só na mistura de padrões, como foi dito acima, mas nas imagens, nos parônimos (encanto/desencanto, próvido/provido, fastidiosas/fastigioso, conjuntura/conjeturas, etc.), nas frases proverbiais, nos pensamentos ou aforismos. Estes são tantos e em cada página, que, destacados do contexto, poderiam até formar senão um novo livro, pelo menos um opúsculo. Eis alguns poucos exemplos, colhidos aleatoriamente:

1. A vaidade sabe bem corporificar palavras ocas.
2. Um venturoso de um dia é o inconsolável do amanhã.
3. Nada mais burlesco do que uma esperança lisonjeira.
4. A alma, penetrada de prazer, desmente a deformidade da índole como por encanto.
5. Não nos estimam por aí por nosso real valor, já que dificilmente nos consagramos por nossas qualidades éticas.
6. Em suas múltiplas expressões, o sentir é inconstante, porque em quase nada somos firmes.
7. Da vida não sabemos nada, senão que é matreira ao excitar vergonha, dor, lágrimas, quando o que dela aguardamos são aplausos.
8. [...] não há amor sublime que se satisfaça só com o contemplar do objeto amado.
9. Os tempos de transição são também tempos de oportunidades.
10. [...] a opinião das gentes, que nos dá assento em lugar firme e eminente, as mais das vezes, também, nos precipita ao chão.

Pena que Severino, o borracheiro, um dos personagens mais marcantes deste romance, tenha aparecido em poucas páginas. As figuras do prefeito Meu Rei, de Vitalina, de Riba, com seu amor conjugal (que virou platônico pela fuga da amada Carol), são personagens igualmente maravilhosos. A procura de Riba por seu amor constitui um suspense com final inesperado e uma dúvida que fica quando terminada a leitura. Seria Sayonara a musa reencontrada num amor não mais platônico? Eu poderia dar a minha opinião como um desmancha-prazeres, mas prefiro não roubar do leitor a alegria da descoberta...

Dizem que os personagens de um romance são catafóricos, isto é, vai-se conhecendo aos poucos o que são, no decorrer da leitura, mas só se pode saber (ainda que imprecisamente) quem realmente são, quando se chega à última página. Aqui, no entanto, como numa obra aberta, os personagens mantêm seu enigma a fim de que o leitor os reinvente. E cada leitor se transforma um pouco também em autor deste romance.

Por isso, o leitor com certeza vai chegar à última página com saudade de continuar.

José Augusto Carvalho

Mestre em Linguística pela Universidade Estadual de Campinas e Doutor em Letras pela Universidade de São Paulo

de como tudo começou

Por Flávia Murad Neffa

Há cerca de um ano, a fim de "treinar o português", minha irmã me disse que pensava em escrever outro livro, nem que fosse um simples conto, mas que o faria sem pressa, no seu parco tempo livre, num ou noutro fim de semana. Como diz o ditado, "quem não a conhece que a compre". E pensei eu: *enquanto não concluir essa tal nova obra, essa Xuxu não vai sossegar nem me dar folga*. Bingo! O que era para ser uma distração e um exercício de desenvolvimento dos seus conhecimentos de língua portuguesa virou uma obsessão. Mais uma obsessão.

Todos os domingos à tardinha, impreterivelmente, um novo capítulo de *Milagre em Passadouro* chegava ao meu WhatsApp, e ai de mim se não estivesse pronta para o debate na manhã de segunda-feira.

Confesso que tenho saudade desses cafezinhos matinais, no início do expediente, quando nos sentávamos as duas para discutir cada capítulo deste livro, do qual fui, por imposição da autora, a "leitora experimental".

Assim, por onze meses, durante os quais a obra se desenrolou entre as pesquisas e a escrita propriamente dita, ríamos juntas das peripécias dos personagens que, embora simpáticos ao público, espelham, cada qual a seu modo, o racionalismo abstrato de falsos moralistas que estão por aí.

No curso dos acontecimentos, já inserida na história, a paixão tomou conta de mim, sem que eu contivesse uma ânsia protetora de um e outro protagonista.

Nem me recordo de quantas foram as vezes em que tentei me intrometer na conduta do pastor Riba, cujo nome, por sinal, foi sugestão minha. Santo do pau oco, contudo, como tantos outros da vida real de que ouvimos falar, acabou ganhando vida e decisões próprias, na mesma toada de Vita, Tê, Meu Rei e seus compatriotas, que fugiram do destino inicialmente traçado.

Será que outros leitores, assim como eu, não se conterão diante de emoções ímpares? Posso afirmar que me envolvi de tal forma na trama a ponto de, ao final, experimentar sentimentos antagônicos: tristeza, por não ter conseguido influenciar o rumo dos personagens, e alívio, por deixar de transitar numa seara que não era minha.

quanto ao teor desta obra

Não sei *hic et nunc* se vem ao caso dizer que, na minha vida íntima, não desandei caminho para desvalorar regras de comportamento social, mas, por Deus, muitos de meus detratores, em sentido largo, revoltam-me o estômago pelo odor moral com que se perfumam.

nota da editora

Caro leitor,

Este é um livro de ficção e, durante diversos momentos da história, você encontrará intervenções do narrador-autor. Como quem conversa com os personagens da obra, a autora faz aparições e dá palpites nas atitudes de seus personagens, não apenas como parte onipresente da obra, mas também como alguém que participa ativamente da narrativa.

Mergulhar na ficção significa estar atento a cada detalhe do texto, e em *Milagre em Passadouro* não será diferente. Como leitor, deverá perceber os momentos em que a autora entrará na história e, também, em quais situações ela está em uma conversa com sua irmã, Flávia, construindo assim uma obra que torna vivo o diálogo entre leitor, escritor e personagens dentro e fora do texto.

Boa leitura!

Milagre em Passadouro

TRÊS RELIGIOSOS E UMA CIDADE ESQUECIDA POR DEUS

1

Haveria qualquer trama a ser feita para transformar Passadouro do Norte, uma cidade tomada pelo descaso público, em um centro religioso de peregrinações.

Fortalecidos pelo desconhecimento do porvir e motivados pela falta de dinheiro na medida de seus desejos, três nativos do município delinearam um projeto multirreligioso acreditando que nada poderia dar errado.

A beata Vitalina junto com Tereza do terreiro umbandista e o pastor José Ribamar, por seis dias apenas, discutiram estratégias bem objetivas confiando num desfechar positivo.

— Vai dar certo — precipitava-se Vita beijocada pelos demais.

— Nenhuma outra cidade religiosa vai destronar Passadouro, nunca mais — berrava Tê aos céus após um remelexo sensual só seu, que enlouquecia os homens.

— E não haverá *empasse*; seremos os reis dos passadourenses — complementava Riba com a fala que lhe era peculiar e expressão facial pouco enfática.

— Calma lá — preveni em alerta. — Na teoria tudo é fácil — opinei nalgum momento, após perceber a irracionalidade dos três personagens, dando-lhes um susto dos bons de uma só vez.

Apenas falei, veio Vita numa eloquência apaixonada:

— Não seremos vencidos! — exaltando-se em defesa dos fundamentos insanos, após uma pausa constrangedora.

Quanto mais falavam tanto mais me horrorizava. Qualquer que ouvisse o que programavam, teria a mesma atitude minha. Mas, após um bate-papo rápido, percebi que ao menos os três não eram alienados de todo, como avaliava. Tinham consciência das barreiras a serem derrubadas para honrar sobremaneira o plano notabilíssimo, no parecer daqueles petulantes.

Ou seja, um milagre original, a ser inventado por um, haveria de surgir, já que Vita, Riba e Tê eram pessoas consideradas no reduto, além de criaturas entendidas da palavra divina, bem-dotadas para criações esdrúxulas, singelas ou extraordinárias, mas para lá de inovadoras.

Eis a chave da questão: a persuasão ampla e irrestrita.

Era fato consumado entre eles que um milagre diferenciado dos demais, se ocorrido em Passadouro do Norte, quando propalado por figuras de alta credibilidade da região, como eram, não daria brecha à desconfiança alheia e faria do município um centro de turismo religioso afamado pelos quatro cantos do país.

Por conseguinte, aos religiosos restava a missão de impressionar a crença pública para, finalmente, revirar Passadouro do Norte de cabeça para baixo a fim de torná-la primaz à expiação das faltas, à penitência e à contrição.

O plano profano, enraizado como uma hera, fora meticuloso. Os protagonistas contemplaram primeiro a geografia do turismo delimitando a trilha da fé; em seguida elegeram datas comemorativas à usança de crenças diversificadas bem como selecionaram locais típicos para visitação, sem esquecer as atividades recreativas e gastronômicas.

Os aliados deliberaram, vejam só, até sobre um ponto para atendimento a romeiros estrangeiros em seus mínimos detalhes, sem que deixassem de lado os sanitários segregados para homens e mulheres, berçário, parquinho infantil, estacionamento, entre outras coisas que haviam copiado em romarias a centros de peregrinação renomados que não ficavam muito longe da cidade. Era uma amplidão de ideias sem balizas.

Quero ver a prática. De onde sairá o dinheiro para tanta coisa? A essa altura, contida no palpitar, pensava eu comigo mesma em desconsolação patética de autora.

Em anoitecendo, após cada reunião de planejamento, na caminhada de volta para casa, exerciam os estrategistas uma satisfação irreprimida, expressa com risadas guturais, imaginando que, diante de todo o processo, sairiam lucrando mais e que toda a população do lugar, no frigir dos ovos, viria a ganhar qualquer coisa também. Ótimo, um banquete eterno de felicidade para todos.

E lá se iam eles, em conversa animada, até tarde da noite, quando se despediam.

— Eles parece sonharem. Todos doidos, *né*, Flávia? — comentava eu zombando, ao par com minha irmã, numa hilaridade velhaca.

— Todos os animais são iguais, mas alguns são mais iguais que outros — lembrava Flávia a célebre frase de George Orwell.

A opulência deslumbra. Está na cara que não estavam nem aí para seus conterrâneos; queriam era fama e dinheiro a qualquer custo. O ofício de que viviam formalmente só dava para o essencial, e olhe lá. Ambicionavam além, muito além do que a própria imaginação pudesse alcançar; entretanto, precisavam agir com discrição, sem descuidar da imagem de bons pastores perante suas ovelhas.

Vassalagem espiritual pura! As reais intenções não eram nem mesmo explícitas entre eles, que no fundo tinham vergonha de seus excessos de molambos. Um pacto de silêncio fora firmado entre os indignos mandatários da palavra divina para que a reputação deles se mantivesse intacta. Cair no descrédito, nem pensar! Os mais prezados de honestidade teriam de acreditar.

— De mais a mais não é um *pecaaaaaaaaaaaado*, é uma faltazinha besta. Deus nem vai perceber uma mentira de boa-fé. — veio Vita em consolo aos demais.

Fato consumado; ao fim e ao cabo, todos sairiam ganhando, justificavam-se entre si.

— Vita, o fim, a despeito dos meios utilizados, é isso? Por acaso você é devota de Maquiavel? — intercedi sem pensar.

— De quem, Xuxu? Que causa ele defende mesmo? — questionou-me Vita, pressurosa.

— Deixe para lá, esqueça, já não está aqui quem falou. Além do mais, não vale a pena estender a conversa.

Havia também um sentimento de vingança implícito, e era a hora de darem o troco. Vita, Tê e Riba, frequentemente contratados para cultos privados em prol de necessitados, sentiam-se escravizados pelos fiéis, que estabeleciam ao bel-prazer deles o preço pelas orações e palavras de fé.

Engraçado é que o nosso íntimo sempre exige algo mais do próximo. Cuido que, se a pobreza extrema da cidade é levada em consideração, o bico não era pouca coisa; dava para o gasto. Para mim, o julgamento é mais uma incoerência estúpida dos três.

Em cidade pequena nada corre despercebido. Por que estariam agora unidas lideranças religiosas com vivências tão contraditórias? Será que divergências em matéria de convicções de crença desabam na consecução dum bem maior? Súbita aproximação figurava uma forte identidade, como se bebessem água do mesmo cântaro.

O bochicho entre moradores não cessava. O que estava para acontecer era o questionamento generalizado.

— Algo de muito bom, certamente oração atrás de oração para atrair chuva para a região — deduziam os pobres leigos entre si.

— Hem?! Vita, Tê e Riba caminhando juntos? Tem caroço nesse angu! — replicava Severino, a quem não enganavam com facilidade, em resposta a seus meninos, sem se deixar levar pela maioria.

No sétimo dia, após cumprido integralmente o escopo delineado, encontravam-se os camaradas visivelmente esgotados, mas plenos, embrenhados num desvanecimento que os dominava. Deram-se ao luxo de descansar até a nova etapa executiva. Nunca por nunca se curvariam os religiosos às ciladas do imprevisto.

Poder-se-ia dizer que suas almas não só dançavam diante da expectativa financeira que os favoreceria, senão ainda o dinheiro, rolando solto, havia de possibilitar a toda população nativa desvalida auferir recursos, no trabalho aos peregrinos.

Vangloriavam-se Vita, Tê e Riba de que o reconhecimento deles, e da cidade, por conseguinte, estaria na iminência de acontecer, que breve seriam celebridades com renome nacional e internacional.

— Hurra, quão belo é Deus, quão clemente! — exclamava Vitalina.

— *Axé!* — entoava Tereza.

— Fim dos *desválidos, creiscente* seja a economia local! — expressava-se José Ribamar menos expansivo e com pretensa erudição.

O que de novo, contudo, o que de supremo poderia ainda nascer, capaz de causar emoção intensa ao mais descrido dos homens?, atrevi-me, sem dizer palavra, numa meditação profunda e rápida comigo mesma.

Flávia, ao me perceber circunspecta em nossa sala de trabalho, depois de algumas considerações informais que lhe fiz sobressaltada, veio a me censurar:

— Não tem cabida, Lúcia! Não estou gostando nada, nada do desenrolar dos acontecimentos. Por seguro, não creio estar em erro — reprovou-me com severidade.

A ela, leitora de primeira mão de capítulos formulados, respondi um pouco impaciente:

— Eu, Flávia, afinal quem sou eu para desbotar o triunfo de alguém?! Não me queixo; não queixo. Personagens são indomáveis.

Por alguns capítulos, no discurso desta obra, não mais fui advertida.

2

Quando, por fim, o projeto de Tê, Vita e Riba logrou o êxito desejado, coube à cidade de Passadouro do Norte o epíteto de Castelo de Milagres, que aos trancos e barrancos ficou mundialmente conhecida. Numa época de meios de comunicação parcos, não era pouca coisa, não. Pode que no tempo de hoje, com tecnologia avançada, fosse menos penoso firmar empresa de tal porte. É possível.

— Jesus, santo nome de Jesus, meta atingida! — exclamei num impulso ao me dar conta da capacidade executiva dos três personagens que, a despeito de meus esforços, enveredaram para um caminho tortuoso, sem que eu conseguisse contê-los até que chegassem ao propósito originalmente traçado. Ocorreu realizar-se o que, lá atrás, me figurava impossível.

Verdade é que tive de me render à turma atrapalhada, por tudo o que vi e ouvi contra a minha vontade, na evolução dos capítulos desta obra. Constatei uma autonomia crescente de crias desmamadas que foram senhoras de si e responsáveis de fato pelo desfecho do livro.

Não posso menos de repudiar o curso dos acontecimentos, sobre os quais fui coadjuvante. Busquei, sempre que pude ser, manter-me fiel ao que me movia.

Vou adiantar um pouco o fim da história para que seja entendido ao que me refiro.

As lembranças aprazíveis de Passadouro do Norte não escapavam aos homens, que, em retribuição à estima com que eram recepcionados na cidade, propagavam convenientemente seus bons fluidos a quem quisesse ouvir, atraindo dessa sorte novos peregrinos para o lugar abençoado.

Aquele destino turístico não poderia cair no esquecimento jamais, e quem for adiante entenderá o porquê.

Havia segundas intenções patentes para fortalecer a fama milagrenta de Passadouro e, com isso, ter cabimento a presença de visitantes cada vez mais assíduos na cidade.

Os homens, mais interessados na reputação religiosa do lugar, viviam em afã constante para fazer essa heresia vingar. São de cunho machista as razões de não vir à tona, nunca, a realidade dos fatos.

Tem-se em conta, por conseguinte, que as mulheres eram menos representativas na região como um todo, excluídas de um roteiro específico para homens, esse considerado o mais eficaz para curas generalizadas, sobre cujos ritos não se comentava.

— Um deleite indescritível! — suspiravam os agraciados, quando indagados sobre sua sensação espiritual nos longes mais remotos, a vinte e dois quilômetros de distância do chamado Centro Nervoso de Passadouro (CNP).

Os depoimentos favoráveis de quem já havia passado pelo recolhimento constituíam um enigma aos curiosos ávidos por partilhar da mesma experiência.

Havia, ao final do destino, um alojamento com setenta leitos onde ficavam confinados os romeiros por três dias, afora o percurso a pé de ida e volta, somando-se ao todo cinco dias de caminhada, retiro e jejum.

Não bastava o simples querer para tomar parte da peregrinação diferenciada, vendo que não havia acomodações suficientes para quem quisesse.

Foi assim que, para limitar o acesso de candidatos, um processo seletivo bastantíssimo excludente foi urdido e instaurado por membros da Junta Examinadora, os ditos donos da ética e dos bons costumes. Uns tipinhos que só vendo.

Os critérios foram tão rígidos que, na avaliação conjunta de perfil psicológico e da vida pregressa, no teste físico e na entrevista final se eliminava quase a totalidade dos muitos pretendentes.

O Serviço de Inteligência da Junta fazia uso de meios pouco ortodoxos para saber com quem estava lidando. Violavam-se correspondências; também a vida íntima do postulante e até grampos telefônicos ilegais eram instalados com a conivência de autoridades públicas.

Havia vários outros detalhes no recrutamento sobre os quais me foi negado o conhecimento por ser *persona non grata* à cúpula organizadora, composta só de gente graúda da banca do bicho e da prostituição.

Só sei que a lista de espera de aprovados e o número de candidatos predispostos à seleção eram enormes, e toda a paciência do mundo requeria-se. Não faltavam aqueles que, à espreita, roubavam a vaga de algum faltante ou de um retardatário.

Os banidos em primeira seleção não eram excluídos do processo. Havia um documento formal obrigatório, denominado Compromisso de Ajuste de Comportamento (CAC), que, quando preenchido, era na oportunidade reanalisado por membros da Junta para novas considerações. Tudo pago.

Rigor a toda prova é pouco para evitar vazamento de informações confidenciais e manter oculto o segredo guardado a sete chaves.

Ao seu Mimi, braço direito de Riba, cabia-lhe uma análise preliminar sobre tudo de tudo; mas era deste o bater do martelo, em conformidade estrita às leis invioláveis firmadas em acordo tácito com seu núcleo criminoso.

O talento de Riba para a execução de múltiplas tarefas era a principal qualidade que o diferenciava dos demais. Posto isso, seu cargo de comando nacional estava garantido, embora a sua presença física não fosse constante em nenhuma zona de influência da contravenção.

Mais ainda, julgadores e julgados viviam em pé de guerra ante os resultados expostos. Aos reclamos de reprovados inconsoláveis, alternativamente, outras atividades religiosas ou recreativas eram lhes apresentadas no CNP e em localidades contíguas, as quais, no entanto, não acalmavam os ânimos.

Valendo-me de minha intimidade com Riba, quis saber da eficácia do processo, até para poder adotar num recrutamento de mão de obra mais apurado em minha empresa:

— Riba, como se separa o joio do trigo?

— *Feeling*, acima de tudo, patroa, *feeling* — respondia o pastor, descolado que só ele.

Homem experiente assim nunca vi, reconhecia em meu íntimo.

3

Malgrado o desgaste do ir e vir, a reclusão no alojamento dos confins de Passadouro era cheia de graça, além de rejuvenescedora. Pelas circunstâncias, os homens retornavam mais magros do passeio, porém com um vigor espiritual estampado em suas feições... de dar inveja!

Admitido isso, eram de esperar as brigas ferrenhas por lugar na fila, especialmente quando gentes condecoradas reclamavam seus direitos adquiridos e justa prioridade a cada novo recrutamento para uma nova imersão de três dias. Não admitiam, em hipótese nenhuma, ser relegadas a segundo plano em processo seletivo subsequente.

Enfim, todos os esforços reunidos fizeram de Passadouro do Norte um relevante núcleo sacro de romaria com espantoso índice de peregrinos do sexo masculino – incluídos neste grupo os ditos ateus convertidos e irreligiosos arrependidos, mais os senhores de bom nome.

A localidade, que perdeu a insignificância de outrora, veio a tornar-se solene para aprimorar as relações de Criatura com o Criador. Ir a Passadouro é atirar ao ocaso e acertar o Paraíso.

Por mui muitos anos, argumentos infalíveis foram empregados a fim de que a cidade se mantivesse como centro de referência da moral, dos bons costumes e de peregrinação religiosa.

Râncido purismo.

No alojamento, a vinte dois quilômetros de Passadouro, a corruptela vergonhosa tomava conta, encoberta por um acordo inquebrantável, entre machos, propagado de homem para homem, para fazer prevalecer oculta a depravação do retiro. Não havia aí nesse ambiente nenhum tipo de culto religioso nem mesmo símbolos que marcassem a presença divina, muito menos jejum obrigatório. Pelo contrário, a fartura da carne imperava.

Sem entrar no momento em pormenores, pode-se dizer que a degradação, também presente no CNP e nas vizinhanças, era escamoteada pela Alta Direção de Entretenimento com o uso de aparatos religiosos, espalhados em pontos de visitação.

A dita organização ilegal de cunho privado dirigia no município, bem a seu modo, as áreas de eventos, comércio e serviços, e por isso a cidade, em sua plenitude, inspirava confiança absoluta, e o ilício não se manifestava.

Alheias a detalhes sórdidos, as esposas, espalmadamente orgulhosas da devoção de seus companheiros, furtavam-se, contudo, a acompanhá-los nas oportunidades, por preferirem o aconchego do lar ou os destinos religiosos assaz cativantes mais próximos de suas residências.

Diga-se: Passadouro do Norte foi idealizada para homens, primordialmente.

No que respeita ao bem comum, a satisfação era generalizada: marido e mulher, a um só tempo, renovados para uma vida a dois em plena harmonia. A separação de corpos temporária deixava saudade.

As desculpas para as viagens triviais dos devotos duma figa fundamentavam-se em reles faltas cometidas por eles, reparação de índole, transtornos íntimos dalma, dependências generalizadas, desamor, apego à matéria e tantos outros pecados mortais. Os melindres de consciência, nessa oportunidade, iam a tanto que causavam espanto, coisa deveras curiosa.

E quer saber mais? Fustigar um regresso a Passadouro era reprimenda imediata.

— Amaro, de novo para aquele programa? Eu fico! — Rendia-se aflita a censora ao intento de nova peregrinação do marido.

— Toinha, Toinha, Deus castiga. Há tesoiros e jazidas por explorar nas Escrituras — apelava o marido em atitude teatral.

Este, à chucha calada, a exemplo dos outros romeiros, partia só com sorriso nas orelhas. No fim de contas, eram todos radiantes.

Já uma vaga no alojamento era outra novela. A tal estalagem no cafundó do judas vivia com obras de ampliação para dar conta do recado.

Dessarte, a nova Passadouro não mais foi torturada pela escassez de recursos, assim que o ambiente foi tomado pela fé, requisito elementar a sua expansão econômica. Era o peregrino colocar o pé na cidade e prontamente perceber a espiritualidade no ar e uma conexão dele com algo maior, imaterial.

Como? Imaterial? Pensei e ri-me várias vezes impulsionada pelo despautério; foram espasmos de risos. Faz de conta que acredito.

Passadouro era produto de uma consistente propaganda masculina, absolutamente necessária, indispensável, impreterível à promoção econômica, religiosa e turística do lugar.

Tomada por procissões, festas religiosas e orações dos que clamavam assistência aos céus, a ex-pacata cidade, de salto, arrebanhou crentes vindos até mesmo do estrangeiro em busca de salvação.

— Quanta virtude... Riba, Deus tá vendo a carne aguilhoar o espírito — retumbou Flávia, intrometidamente.

Não cria eu num futuro promissor para aquele cantão. Julguei mal. Em suma, houve por lá uma manobra ardilosa de cair o queixo.

4

Quando se trata de três destemidos por trás dos bastidores tramando contra a ficcionista, todo o cuidado é pouco.

Em harmonia com o ordinário, deixe-me voltar ao início da história, e não mais me antecipar ao final dela, a fim de evitar o desinteresse de quem lê.

À ficção:

Até porque não seria justo ao sentir de Tê, Riba e Vita serem suas virtudes postas de escanteio por Deus. Eles acreditavam piamente na força da imaginação que a experiência lhes proporcionaria e, ao mesmo passo, numa assistência do além para dar luz a um milagre inédito, que, naturalmente, não lhes seria negada.

Vencida a prova de fogo, uma nova realidade imperecível seria instituída em Passadouro com a movimentação de múltiplas atividades paralelas em toda a extensão da cidade, cujo privilégio da exploração econômica cairia, por coerência, no colo dos autores da façanha.

Dispondo só do instinto, certos de que se cumpriria por eles o que fora arquitetado, almejavam os três religiosos uma soberania distinta concernente ao milagre incontroverso que, de forma nenhuma, daria azo à objeção da concorrência.

No fim, motivos bastantes para comemoração não lhes faltariam.

Abstive-me, por precaução, de inquirir os protagonistas sobre pormenores, até porque personagens são assim mesmo: muito do que maquinam não é explicado ao romancista.

Em todo caso, lançada estava a degenerada tarefa para a busca de uma quimera inédita, com as qualidades raras que serão necessárias para fazer desabrochar em Passadouro um centro religioso excepcional.

Por um período, não sei precisar com exatidão, recolheram-se as criaturas à clausura de seus lares em regime de semi-internato, cientes do embaraço que a superabundância de milagres oferecia.

Chamei os religiosos às falas, fui diretamente a eles para alertar que nada mais sem precedentes seria criado, mas foi em vão.

Não os reprovo.

É provável que Tê, Vita e Riba saibam mais de si do que penso saber deles. Tomar partido numa matéria, seja qual for, implica conhecimento dos fatos futuros que nos é negado. Repugna-me, igualmente, arbitrar o certo e o errado, pois admito que não sou ninguém para vaticinar ou julgar.

A lei do menor esforço, ainda hoje, ronda nosso inconsciente, queiramos ou não.

É trivial a falha humana quando uma verdade qualquer é considerada absoluta sobre ser medieval, visto que predominam em nosso pensamento conceitos malconcebidos contra os quais exercemos atitudes pacíficas até um forçoso exame crítico.

Nas relações pessoais, quaisquer que sejam, institucionais, amorosas ou econômicas, os indivíduos buscam dirigir condutas, abeberados em imposições culturais de seu grupo social, o que sugere um abuso de poder que se pode ter sobre outrem.

Da vida não sabemos nada, senão que é matreira ao excitar vergonha, dor, lágrimas, quando o que dela aguardamos são aplausos.

Há quem considere, por exemplo, a crença em milagres um caso patológico, porque por meio deles se perpetuam convicções absurdas, mas, convenhamos, vitais para a saúde espiritual de almas vulneráveis.

Na mesma linha de raciocínio, quem se atreve a contestar a subjetividade do sonho, que é o único consolo dos desvalidos, para suportar a lenta passagem do tempo?

Em obséquio da verdade, chego para concluir que não há como suportar a vida sem mentiras.

É de notar, portanto, a impossibilidade de se superar uma desgraça senão por reflexões irracionais.

Nessa descida ao inferno, não duvido de que nossa razão tenha razões inexpugnáveis. É exatamente isso!

Por conseguinte, a fé, não raro, domina absolutamente tudo por ser o único caminho para a salvação.

Pondo remate às considerações anteriores, perscrutei os recantos de minha inteligência, posta em confronto com o meu suposto saber, a fim de embalar molemente meus pensamentos desordenados com perguntas e respostas cognitivas:

Milagres existem?

Se todos são igualmente amados pelo Pai, como se espera, não haveria por que favorecer um filho com uma graça e criar obstáculo ao outro.

Portanto, milagres definitivamente não existem.

Logo a crença em milagres é *sofisma.*

Continuei em monólogo torturante:

Somos indistinta e igualmente amados pelo Pai consoante a Bíblia?

Não. Deus tem lá as suas preferências, e é oco o que se propaga nos Evangelhos. Os livros sagrados não são mais do que textos proféticos mitológicos.

Mantive a meditação dispersa, nociva à paz de espírito, por algum tempo mais.

Somos todos pecadores desde a infância, pois murmuramos contra o Senhor; qual um animal entregamo-nos a delícias inefáveis da carne; ocultamos os maus sentimentos; escondemos hipocritamente da sociedade as nossas imperfeições de caráter e, de tão condenáveis que somos, nem mesmo poupamos o Pai do assassinato de seu Filho.

Indiscutivelmente somos viciados na prática do mal.

É duro de entender o amor maior do Misericordioso de face com um pecador de maior grau.

Como será que se graduam pecadores para a concessão de vantagens específicas?

Seriam as ovelhas desgarradas as maiores beneficiárias de milagres?

É estranha a predileção do Todo-Poderoso por almas inteiramente corrompidas.

Não seria justa Sua misericórdia pelos filhos de maior retidão?

Que bobagens comete o Ser Possante.

Por que Lhe falece sabedoria?

Que fez o Legislador Ególatra das normas que Ele próprio criou?

Por que se exalta o filho pródigo que não segue os mudos passos de Deus?

Que é da justiça?

Quando já nada havia a objetar, o veredito me foi apresentado diante dos olhos:

É evidente que o amor de Pai por seu filho é *partidário.*

Toda a gente diz que milagres existem.

De entretidos, Riba, Tê e Vita nem deram por meu comportamento espasmódico. Mantiveram-se firmes e desembaraçados em seus propósitos.

E eu, escrevendo egoisticamente, sozinha, sempre sozinha e em silêncio. De ora em quando era tomada pela anarquia de ideias:

Tenho mais do necessário. Milagres para quê?

Sábios os que contemplam a Cruz de Cristo na esperança de se verem livres da desgraça.

É-me permitida a dúvida sem risco de anátema?

Com essa, espatifei minha consciência.

E, por ordens inaudíveis de um Deus punitivo, calei-me.

5

De quando em quando, um e outro forasteiro zombava de Passadouro que, se excluída do mapa fosse, não faria falta alguma, já que era percebida ao acaso, por situar-se transversalmente à rota obrigatória para as regiões litorâneas e polos de grande importância.

A cidade deixa-se ao desamparo.

Não me admira reinar na municipalidade, por um lado, um sossego desenfreado e, por outro, uma preocupação tamanha com o porvir, tendo em vista os baixos índices de crescimento econômico projetados para a cidade.

Um ponto a reparar, antes de seguir escrevendo: na conversação despreocupada do povo, dizia-se, a cotio, não haver luz no fim do túnel, ou seja, não havia perspectiva para mudança do quadro desolador em curso. Porém, era a fé em Deus que alimentava a esperança de dias melhores para Passadouro.

Aliás, não havia um monte de coisas naquela terra desfavorecida.

Passadouro carecia de infraestrutura básica, haja visto que os desvios financeiros, frequentes, verificados na administração pública atingiam em cheio o bem-estar da população. A atividade rural voltada a pequenos agricultores não dispunha de incentivos que pudessem resgatar os matutos sertanejos da pobreza. As áreas de saúde e de educação não se prestavam ao que se propunham. O esgotamento sanitário era de dar vergonha e nojo.

O que mais?

Bem, nada funcionava naquela cidade de interior.

Acerca da posição geográfica desprivilegiada de Passadouro, é certo que o município, estando fora da região de influência litorânea, sofria com um regime irregular de chuvas, do que resultou prejuízo da atividade econômica como um todo.

Localizada em zona tórrida, o céu por lá ostentava, durante a maior parte do ano, um azul sem nuvens com ventos eventualmente soprando para dissipar o calorão dos moradores.

Preciso esclarecer, antes do mais, que a população de Passadouro, tomada por uma ignorância atroz, imputava só aos fenômenos naturais a responsabilidade pela degeneração disseminada do município, ficando alheia à corrupção política, que passava desapercebida.

Não obstante as correntes pessimistas da plebe ignara de Passadouro, um milagre viria mudar o curso dos acontecimentos.

Passadouro era o "ó do borogodó".

Para começo de conversa, o acesso ao município não se dava com facilidade, o que era um problema a mais a somar-se aos outros por ora relatados. Essa deficiência específica, por conveniência, viria a ser reparada bem rápido, oportunamente.

Se o lugar já era naturalmente mórbido, o itinerário da rodovia ao centro da cidade era o prenúncio da morte. A travessia acidentada não enganava. Parecia mais um aviso prévio do que viria a acontecer.

Ao longo do caminho para Passadouro havia perturbações tremendas. Era um penar, que se dava por uma via precária desgarrada da estrada principal de terra, com trechos acidentados que não eram brincadeira.

Isso sem falar no imobilismo da paisagem de fazer dormir o viandante, salvo a trechos, quando gestos esparsos de plantas quebravam um pouco a morbidez da viagem ou os voos de pássaros erradios cortavam os ares.

A sensação de opressão, em horários específicos, ainda no trajeto, era atenuada, outrossim, com a movimentação da comunidade que, a pé e com rostos empoeirados, ia a regiões próximas ou delas vinha, locais onde a oferta de empregos era mais atrativa.

A rota, que não era longa, parecia sem-fim.

Antes os estorvos parassem por aí.

Na área educacional, os ensinamentos restringiam-se à alfabetização funcional e ao domínio básico das quatro operações aritméticas. No campo profissional, as oportunidades em setor privado eram restritas. No âmbito da saúde, aparecia um doutor de quando em quando no posto médico e, concernente ao serviço odontológico, este nunca vingou.

Numa análise ligeira, sem despender nenhum esforço, constatei que as deficiências daquela época não eram muito diferentes das de hoje.

Se a presença de um médico era escassa, a distribuição de medicamentos à população nunca ocorrera. Não havia remédio nem mesmo para aliviar uma dor de barriga, ficando a cargo dos três religiosos, Tê, Riba e Vita, a função de paramédicos.

Ai de quem adoecesse.

Lá uma vez ou outra, Meu Rei, o prefeito corrompido sobre quem falarei adiante, restabelecia indisposições físicas de gente da região com placebos adquiridos a preço vil de fontes nada convencionais. Nessas ocasiões, era chamado especialmente de Meu Salvador pelo enfermo.

Devo reconhecer que era uma tacada de mestre a favor de sua popularidade.

Falando sério, o povo é severo em suas crenças como um ancião o é. Chamar de Meu Salvador um prefeitinho do naipe dele é de doer.

Por antefim, o que quero dizer é muito simples: a miséria em Passadouro era uma regra aceita, que poderia ou não ter limite.

"Nosso destino a Deus pertence" — era o lamento de moradores em bate-papos triviais.

A esperança é a última que morre.

Portanto, a esperança, por ser um feixe de luz divina a dar suporte ao tédio moral dos passadourenses, não viria a cessar nunca.

Pode-se perceber que o clima em Passadouro era propício a milagres, mas não necessariamente o milagre estupendo como pensei.

Nesse prisma, se consentirmos em que a vulnerabilidade humana é pressuposto de crenças de qualquer espécie, um milagre que seja, a tomar pé em Passadouro, seria bem-acolhido pela comunidade carente.

A pasmaceira de um dia em Passadouro rompia-se ao entardecer, por alguns instantes, no momento em que pássaros faziam da revoada um balé encantador, de atrair a atenção de transeuntes.

Enamorados, nessa hora, abancavam-se na praça central à espera do espetáculo.

— Tem razão, Flávia, a monotonia tomou conta do capítulo. Isso não no ignoro — retorqui, lançando-lhe um ligeiro olhar, após a crítica recebida.

— Mas Passadouro de si era um *porre*, não percebeu...? — continuei firme, negando-me a reparar o texto.

— ... com certeza não exagerei; portanto, o município encontra-se devidamente descrito em detalhes — encerrei a conversa apelando para o bom senso da julgadora.

— Sigamos, então — anuiu Flávia encurralada com a minha indignação.

6

Só um milagre para resolver a vida de Passadouro, pois, se de um lado se viam problemas ambientais e estruturais, de outro revelava-se um anátema civil.

Para não deixar sem prova, relato uma pequena parte do que ocorria na desastrada gestão pública do município, coisa de deixar os cabelos em pé.

Os privilégios concedidos a um seleto grupo de assessores, para se ter noção, eram facultados pelo próprio prefeito da cidade em troca de sua estabilidade política. Era uma aberração atrás da outra.

Não sem pretensão, Meu Rei, autoridade municipal, cumulava de benesses seus correligionários por meio de atos administrativos, que nada mais eram que uns cala-bocas, para que ele se apropriasse, sem molestamento, da fatia gorda do bolo financeiro do erário municipal.

O gestor maior, que irradiava carisma, era sem igual no dizer da corja de aduladores, para quem suas concessões não eram nada desprezíveis.

Visto que a natureza humana propende para o mal, a raposa velha abocanhava mais do que ninguém o produto maior dos desvios de verba pública, em grande folga.

A farra era ilimitada.

Eram comuns as festinhas íntimas, ao final do expediente, regadas a uísque contrabandeado e acepipes nas dependências do Paço Municipal, patrocinadas que eram por uma ponta do orçamento anual. A desculpa de que grandes projetos para fazer de Passadouro uma cidade de primeiro mundo estavam na bica de sair, justificava o brindar dos convidados e todo aquele dispêndio inútil.

Um detalhe: o fino do evento eram os guardanapos brancos de linho e o serviço de garçons.

O povão, que em tudo acreditava, orgulhava-se do prefeito de boa fama, que jurava fazer o possível e o impossível por sua terra natal. Como as mentes de Passadouro não eram preparadas para pensar, não pairavam desconfianças sobre as segundas intenções que havia por trás daquele mandato político.

Vê-se que a ignorância insensivelmente devorava grande parte dos habitantes da cidade. Assim, pode-se deduzir que em Passadouro cada um se virava como podia.

O recolhimento de impostos, que não era lá grande coisa, servia para encher o bolso dos funcionários públicos eminentes, que não expressavam grande número. Como resultado e em consequência dos roubos, não havia verba para melhorias e para o bem-estar do contribuinte. Sendo assim, a arrecadação municipal andava muito comprometida com as múltiplas sangrias a favor de poucos.

O arguto prefeito, posto contasse com as regalias que a vida pública do interior lhe proporcionava, não se contentaria por insaciável com qualquer coisa. Pelos modos, trilhou os espaços da contravenção, atividades essas praticadas em grandes centros, o que lhe concedeu prestígio nacional e dinheiro.

O *savoir-faire* de Meu Senhor, cujos rudimentos aprendera desde moço, era coisa de louco.

Nada novo, portanto, já que todos nós sabemos como a banda toca.

Tão cheio de encanto que era, Meu Rei dobrava multidões com o seu discurso eloquente, palavrório este que se concluía com apertos de mão, abraços e sorrisos esgarçados, hora em que a sua virtude aparente se solidificava ainda mais.

Por estimar tudo o que é vão, o prefeito encontrava-se irremediavelmente dominado pelas paixões viciosas. Quero dizer, este indivíduo era um caso seriíssimo de corrupção completa da natureza humana.

E tudo invisível à população que não enxergava o ululante.

A idolatria era tamanha, que, se hoje alguém me perguntar como se chama o prefeito, não saberia responder, visto que os termos deferentes com que se lhe dirigiam as palavras acabaram por substituir-lhe o nome. Era um Meu Deus para lá, outro Meu Senhor para cá, ali um Meu Rei, aqui um Meu Prefeito, Grande Figura e tantos outros.

Sabujice purinha-purinha-purinha de um monte de puxa-sacos e de iludidos do geral das gentes obsequiosas para com a autoridade municipal.

Como negar que veneração não nutre vaidade?

Grande Figura, apesar da idade, achava-se o máximo. Era visto com umas e outras mulheres de aspecto juvenil, normalmente emplastradas de carmim e trajadas de cores vivas e paetês, aspecto que no todo contrastava com a simplicidade do povo passadourense.

Nada, porém, que denegrisse o seu caráter de homem público em que primava, visto que estas tais figuras extravagantes eram anunciadas como assessoras de gente da alta em visita solene ao município.

O carisma do prefeito, diga-se de passagem, sobrepunha-se a comentários esparsos, que por isso não viriam a arranhar sua imagem de grande gestor, apesar de ele tudo prometer sem nada cumprir.

Passemos revista ao que se deu um dia...

Meu Senhor, homem calejado pela vida, tinha pleno domínio das situações, até mesmo nas adversidades. De salto, vou contar um ocorrido em certa ocasião. De tão bêbado, o sujeitinho fora visto caído na rua com um guardanapo atado à fronte, sem sequer intimidar-se.

Não deixou por menos. Após o vexame, que proliferou como coelho, programou um discurso só seu, e pronto, tudo fora esquecido.

A vaidade sabe bem corporificar palavras ocas.

Gracioso na maneira e nas palavras, Meu Prefeito, para lá de habilidoso, era um apaziguador de ânimos, consciente de que discórdias intestinas produzem faúlhas capazes de destruir a mais perfeita organização criminosa. Pelo seu comportamento preventivo, nunca se complicou. Exercia o vício com arte e manha mostrando-se um virtuoso a toda prova.

Assim deve ser. Melhor nunca pôr em risco as boas relações de compadrio.

Ainda que na cara se estampasse a incompatibilidade do padrão de vida do ente público com a sua renda formal, o povaréu não se atinha ao seu desvio de moral, pois pouco importava à comunidade o comportamento ético do gestor, haja vista que a sua figura destacada abafava uma e outra maledicência propagadas à puridade.

Hipócrita, Meu Rei era o máximo para os passadourenses. Qualquer coisa que fizesse era aclamada; um arroto era recebido com suspiros pelo povão sobejamente alienado. Nunca lhe volveria costas a casta ignara.

Desfrutando de uma vida fastuosa como bem queria, Grande Figura era envolto em uma presunção incontida. Tinha por si um amor-próprio medíocre, refletido em um andar altivo de quem vive nas alturas. Os delírios de sua imodéstia dominavam o seu olhar, a sua fala, o seu ouvir e os seus modos no geral.

Pelo visto, o homem cuidava mais das aparências que do seu conteúdo.

Exatamente assim!

Narcisava-se; gostava de ostentar os adornos que lhe impunham respeito e majestade, embora fosse podre por dentro.

Não bastasse ser chamado de Meu Deus, via-se como tal...

A propósito, desde a origem do mundo o homem não percebe que ele próprio não é nada além de um homem. Como me espantar, então, com mais essa de Meu Deus, que não é a primeira pessoa obstinada por reconhecimento?

Saibamos que tudo são artifícios da vaidade, que nos desgovernam e fazem que busquemos a distinção de uma idolatria insana.

Alto lá, nada temos de invulgar!

A lei universal não nos isenta da dor, do frio, da fome e tampouco da morte a que todos estamos sujeitos. Mil preceitos ensinam o quão insignificantes são as genuflexões e as submissões. Um venturoso de um dia é o inconsolável do amanhã.

Sendo assim, está na cara como a sede por soberania é ilusória.

Hum... bobo nunca fora o prefeito, que, para a promoção do regozijo dos tolos, de vez em quando lhes fazia doações de galinha e ovos do terreiro da Tê, pagos com o caixa dois da prefeitura, farnel complementado com alguns itens básicos do armazém de seu Riba. A cachaça caseira da Tê, quando inclusa à cesta de bondades, era um delírio total.

A cidade se entendia bem, como que unida por um pacto inapelável da Providência, ainda que à custa de uma conveniência.

7

A vida econômica de Passadouro era solapada por um grande torpor, ficando fora da inércia um negócio aqui e outro ali, que se mantinham de pé no meio de assombrosa morbidez para prestar atendimento a passantes apressurados e habitantes da região.

Bem se pode dizer que outras atividades específicas de prestação de serviço e de viés rural, que não dependiam do dia a dia daquele lugar, se conservavam firmes e fortes, indiferentes à paradeira sem tamanho do município.

Claro está que Passadouro é um nó difícil de desatar. Eu, cuja esperança não morre, cuido que não seja uma virada impossível o rumo ao desenvolvimento pretendido.

Pode-se com firmeza asseverar que sair da crise seria possível com uma união de forças, porém a população carente só falava em milagre.

O armazém do pastor Ribamar era um pequeno estabelecimento que fugia ao comum porque oferecia toda a sorte de itens de primeira necessidade, numa gama de produtos-chave ímpar nas imediações.

Para quem veio forçosamente da iniciativa pública para a esfera privada, Riba saía-se melhor que encomenda como homem de negócios.

O apego do pastor ao dinheiro e ao reconhecimento foi preponderante para libertá-lo, no devido tempo, de amarras religiosas que por muitos anos foram parte de sua criação.

Vai-se ver mais à frente a sua transformação.

Em Passadouro, Riba era todo prosa, agindo como se fosse o herói do pedaço, fazendo de tudo para aparecer e parecer um grande cidadão. Quando meditava, via-se projetado em narrações históricas, delirava no fundo com a imortalidade de seu nome e até presumia-se um injustiçado com o esplendor de outrem que despertasse a atenção.

Sentia-se mal ao saber do luzimento alheio.

Homem sem escrúpulos, tinha consigo que um dia viria a ser alguém de peso para a nação, pouco lhe importando as circunstâncias que fariam dele, no devido tempo, objeto de veneração.

Nada mais burlesco do que uma esperança lisonjeira.

Ribamar era mais um a desconhecer os enganos do aplauso.

Já Tê, por força das circunstâncias, dominava o nicho de bebidas alcoólicas, ovos e aves, pois, sendo dona de terreiro e contando com uma clientela umbandista na essência, adquiria produtos em escala para revenda e também para emprego em ritos espirituais, cerimônias que eram frequentadas por um público fiel.

A propaganda boca a boca em favor dela fez a sua boa fama de mãe de santo, atraindo novos adeptos para as celebrações diárias. Clientes de longe e das cercanias não lhe faltavam.

Tê, insaciável com pouca coisa, quebrou a apatia do terreiro apostando na diversidade dos negócios, tendo promovido em Passadouro do Norte um alvoroço tamanho, que ia de encontro à prostração da cidade.

Para ganhar mais dinheiro, improvisadamente, dividiu o seu centro religioso em três partes, cada qual com atividades dinâmicas bastante originais e diferentes do que se praticava por ali.

Assim, havia uma destinada a rituais de umbanda, outra ao renhideiro, além de um espaço trancado, logo na entrada da tenda, para armazenamento de galos e estocagem de ovos e de cachaça para comercialização.

Pingava uma graninha de tudo quanto era lado.

Na porta de entrada da sede administrativa do terreiro, havia um apócrifo de axioma:

Somos produtos de uma mesma forma;

O sol nasce para todos;

Estamos sujeitos às mesmas paixões;

Logo, a felicidade é direito de cada um.

O cidadão que vinha pela primeira vez, ao ler o cartaz, sentia-se acolhido e rapidamente integrava-se à comunidade.

O grupo de participantes crescia.

Os espetáculos públicos de competição de galo na parte norte do terreiro eram semanais, com o conhecimento tácito de Meu Rei, que dividia com Tê a renda informal do espetáculo. A venda da bilheteria entrava limpinha de impostos e taxas para ambos, dividida em igual proporção.

Tê vivia também de atendimentos mediúnicos privados no terreiro, numa ala à parte, cobrados a preços estabelecidos no ato da consulta, a depender de três premissas: fundamento do auxílio, entidade requerida e poder aquisitivo do aflito. Este último critério sobrepunha-se aos demais.

A religiosa vivia bem direitinho com os biscates.

Como intérprete dos espíritos que era, não ficavam de fora tratamentos espirituais a distância, remunerados após a comprovação da cura, que fortaleciam a saúde física, mental e espiritual do consulente.

Outra fonte de renda, a mais significativa para a mãe de santo, eram galos e cachaça de seu terreiro, recomendados intencionalmente em trabalhos especiais, vendidos, por infalíveis, com um bom valor agregado para as dores da alma.

Riba, espertalhão, ao ver-se excluído do mercado comercial dominado por Tê, não se intimidou de forma nenhuma na busca de rentabilidade adicional ao seu negócio com atos ilícitos, pouco se importando com a vulnerabilidade a que se expunha. Dizia, à sua moda peculiar, que riscos são inerentes aos grandes homens de negócios.

A alma, penetrada de prazer, desmente a deformidade da índole como por encanto. Isto eu foi que disse; não, Riba.

Os maus costumes do pastor cínico se davam conta na venda de combustíveis depositados em pequenos galões plásticos, repassados a forasteiros por valores exorbitantes. O estoque ilegal de gasolina era armazenado na sobreloja do armazém sem nenhum requisito de segurança.

Quando interpelado pelo lesado sobre a margem de lucro praticada na operação, Riba alegava o princípio básico da oferta e da procura.

O clima esquentava quando da apresentação da conta-surpresa, após a utilização do vaso sanitário do estabelecimento pelo cliente. Outra imoralidade.

Cada minuto gasto pelo usuário para a satisfação de suas necessidades orgânicas era incrementado por um percentual superior ao aplicado sobre o valor do minuto anterior. Uma loucura!

Como não convencia ninguém com justificativas disparatadas sobre o valor total da conta, Riba invariavelmente era chamado de ladrão alto e bom som.

— Bagre ensaboado, safado — vociferava um galalau.

— Da próxima vez cago na sua cabeça — continuava outro.

E o pastor, avesso à boa audição, nem aí, virava as costas sem se alterar. O cara tinha sangue de barata.

O desavergonhado do Ribamar, agindo brando, não perdia a chance de tirar o couro de um em dificuldade.

À noite, o botequim de seu Cícero dava a sua contribuição à cidade ao fazê-la menos apática, a partir das seis da tarde, quando a galera da boêmia curtia à mesa uma boa pinga caseira e aperitivos saborosíssimos preparados pela chefe do clã, D. Paizinha, a que realmente botava dinheiro para dentro de casa. Por mais essa, seu Cícero, conhecido pela vadiagem, era chamado de Mariazinha pelas costas.

Aos que condenassem uma vida profana em bares restava-lhes a alternativa de diversão na casa de D. Vita, artesã de mimos religiosos, que arrendava um espaço de convivência no piso inferior de sua residência a grupos de pessoas em ocasiões especiais.

Ao preço de locação incluíam-se o valor de ornatos sacros fabricados por ela e móveis de seu acervo pessoal, que incrementavam a decoração do ambiente. O pacotão com tudo incluído era a condição imputada ao negócio, por ser um artifício infalível para salgar o preço do aluguel do salão sem choro nem vela.

Como não havia uma igreja em Passadouro, malgrado as investidas de Vita perante o clero da capital, D. Vita promovia rezas para fiéis, dispostos a ouvir dela a palavra de Deus, na área de convivência de sua casa.

Vita, verdadeiramente cara de pau, nada fazia sem vislumbrar um ganho adicional.

A própria, em determinada altura da celebração, encarregava-se de arrecadar fundos para a casa.

Vitalina, a cada oferta recebida, proferia com o sinal da cruz as seguintes palavras:

— Agradeço em nome de Deus pela doação recebida, ato esse de amor ao Pai Nosso. Como intérprete do Todo-Poderoso perdoo todas as suas faltas — repetia o que lhe fora ensinado pelo padre da cidade vizinha.

Ao tilintar a moeda, a felicidade aflorava ao seu semblante, e Vita, de grão em grão, ia enchendo o seu bolso de dinheiro.

O pecador, por sua vez, saía do encontro comunitário mais leve e livre para um novo ciclo de pecado e perdão.

— O investimento vale a pena — diziam uns aos outros.

Uma cota-parte do que Vita economizava era voltada para a construção de mais um degrau do campanário projetado para sua casa, que a faria chegar ao céu, a qualquer preço, independentemente do julgamento final. Sustentava para si mesma essa ambição.

A obra, que não teria fim, era um projeto de vida dela.

Outra figura de destaque na cidade era o borracheiro Severino, homem de fibra, que não deixou a desejar ao obrar um plano malévolo, quando as esperanças por dias melhores estavam a ponto de esvaírem-se.

8

A falar verdade, a população, tomada por dificuldades, ansiava por transformações na cidade de Passadouro, convencida de que tudo no povoado era muito precário e, portanto, só um milagre de Deus haveria para engrenar coisa qualquer que fosse no município.

— Só Deus, só Deus — suspiravam, invariavelmente, concidadãos entre si.

Súplicas ao ser transcendental eram partes integrantes de colóquios informais das gentes amarguradas da região.

Pelo que respeita ao lado social, os moradores de Passadouro eram responsabilizados por causa da exploração financeira que se alastrou na cidade e espoliou indiscriminadamente os forasteiros.

Era de imaginar a chegada de um candidato a emprego passadourense em empresas de regiões vizinhas para o pau quebrar, visto que nenhum funcionário queria compartilhar com o povo de lá o ambiente de trabalho. Era um toma lá dá cá desgraçado.

A tendência é que todos paguem pelo mau conceito de alguns.

Na seara econômica, de novo o temor do inferno. Mais uma vez, o comércio de Passadouro definhava-se com a ausência de passantes que, quais gatos escaldados, começaram a viajar com itens fundamentais na bagagem, que os não deixassem de calça curta, se o inevitável acontecesse. Logo, combustível, papel higiênico, pneu de socorro e colchonetes eram imprescindíveis aos motoristas, dado que até o preço das dormidas em Passadouro extrapolava o aceitável.

Isso de protegerem-se contra surpresas deu até certo, visto que o número de turistas visivelmente escasseava na cidade.

Mas nem por isso Severino entregou os pontos.

— Eita que não vai ficar assim, não! Malditos cabras, um bando de metidos a cavalo do cão! — repetia o matuto para si mesmo.

— Bem falado, Severino. Assim penso eu. Você é bem talhado para um mal menor — prossegui.

Dito e feito.

Anos depois e por algum tempo, esse caipira diferenciado provocaria um novo fluxo de pessoas de fora para Passadouro, apesar da má reputação de que a cidade não se desenvencilhou, até a explosão da tramoia religiosa de Tê, Vita e Riba num breve futuro.

Querem saber como se deu o feito severiniano?

Aproveitando-se das condições inadequadas da estrada de terra que cortava Passadouro, Severino estribou-se na limitada experiência profissional de que dispunha, esta que lhe foi suficiente para contra-atacar sem deixar rastros para reprimendas.

Esse seu truque, na maior parte das vezes, arriava até quatro pneus de carro numa só vez.

Eis a execução como foi:

Não raro, antes de o galo cantar, o borracheiro escondia-se à beira do caminho, em meio à vegetação empanada de poeira e, rápido, enterrava parcialmente cravos para ferradura de cavalos com pontas em discreta exposição, por entre as costelas de vaca, ao longo de um vasto trecho.

De nada adiantaria ao condutor evitar um buraco, pois levantavam-se progressivamente outras crateras no caminho com armadilhas bem-preparadas, que o capturariam, em algum instante do trajeto.

Aqui para nós, diante de tantos agentes naturais responsáveis pela deterioração do leito das rodovias, ninguém imaginava que pudesse Severino desempenhar um papel pouco ético, em afãs constantes por clientes em sua borracharia.

A cilada era perfeita, e a maldade passava sem reparo.

Nesse ponto, não se pode menos que chamar a atenção para a capacidade criativa infinita do homem. A par dessas manobras se faziam outras. O que passasse pelo bestunto do manobreiro era aproveitado com refinamento.

Não se nega que toda a população saía ganhando com o desvio forçoso de viajantes para Passadouro.

A cidade reviveu alguns bons momentos por um período.

Sendo assim, ao medonho estampido de pneus, garotos em penca surgiam das matas, como por encanto, para auxiliar o motorista em apuros com o Serviço de Chamada de Borracheiro, para o qual se exigia o pagamento no ato da contratação.

Não se tem notícia de pio de viajantes ao serem cobrados pelo serviço.

Quando acionado, Severino não tardava em chegar, munido de material de primeiros socorros, com intuito de tirar a presa do sufoco.

O borracheiro se passava por mecânico experiente. Rodeava o veículo, inspecionava detalhes do motor, debruçava-se por sobre o capô para extrair mais informações, acocorava-se e levantava-se mais de uma vez, inventava estragos com aparente precisão e, por fim, explicava calmo:

— A situação é complicada, o fundo tá todo amassado, os pneus... nem te falo, mas deixa comigo — convencendo, desde então, a quem deveria persuadir.

É de ver como o diagnóstico preliminar do carro era despejado ao condutor, semelhantemente ao de um médico para com um paciente em estado grave. Negócio tomado a sério, já se percebe!

De caso pensado, já com o carro na borracharia, Severino atrasava a entrega do serviço, fosse qual fosse o defeito, para obrigar o cliente a consumir os bens disponíveis na cidade de Passadouro. Às vezes, o enrolo era de tal monta que o contratante vinha a morrer também em gastos com hospedagem.

Os moradores de Passadouro, é bom relembrar, eram coniventes entre si. Nada precisava ser falado para ser compreendido.

Apesar de tudo, Severino despertava a simpatia dos viajantes, que, completamente alheios à realidade dos fatos, o viam como um profissional de mão cheia.

Sentiam-se seguros com a presença dele, pois o próprio borracheiro engrandecia o problema para apresentar, de pronto, soluções factíveis, numa lábia cheia de astúcia.

Como a questão era só troca de pneus, constata-se que não havia aperto para a execução da tarefa.

No entanto, aquele Severino não eram só defeitos comportamentais; sobravam-lhe qualidades físicas, entre outras peculiaridades humanas admiráveis.

Sobre a sua beleza e força, não resta dúvida de que foram obras mais do acaso que de qualquer outra coisa. Nascera assim. No entanto, a sua retórica foi um dom conquistado em conversas despretensiosas com um e outro que aparecia lá pela borracharia.

A escola da vida fora pródiga em seus ensinamentos.

Por essas e outras, ele despertava a admiração da criançada, sobre quem exercia influência significativa, para que eles mantivessem guardado a sete chaves o segredo da transgressão que executava com a ajuda deles.

Severino, vez por outra, cantarolava para a molecada:

— Faça o que o cabra-macho mandar, sem nada nunca contar.

E eles, em redor, por seu turno completavam:

— Boca de siri, boca de siri.

No concernente a atributos complementares, o matuto tinha uma fôrma humana perfeita de escravizar mulheres, o que não me surpreende, visto que a formosura, que não se explica, aprisiona mentes e destroça corações.

Vale referir que não há nada de errado nisso.

Severino era uma delícia aos olhos e, para se fazer ainda mais desejável, agregava ao seu todo irretocável um andar pausado, uma voz vibrante de docilidade infantil e uma postura altiva que evidenciava claramente uma imodéstia não disfarçada.

Ao percorrer as principais ruas da cidade, por exemplo, ele dotava especial atenção às moças, que lhe piscavam, lambiam os lábios e remexiam os seus cabelos para se fazerem sedutoras ao observador.

Eram seus atributos físicos no geral, sua expressão ao falar, a pujança dos gestos os responsáveis pela inquietação dos sentidos do sexo oposto.

As mulheres idosas, por sua vez, não ficavam de fora, mostrando-se atraentes ao camuflarem com maquilagem, rapidamente, os sinais da idade, quando o viam por perto, assegurando, pois, a sobrevivência do desejo físico delas, inicialmente, no olhar, até porque não há amor sublime que se satisfaça só com o contemplar do objeto amado.

A grado de todas, derramava-se em louvações dadivosas. Era o que se chamava de femeeiro.

Embora não soubesse ler, Severino desencadeava um vocabulário romântico de dar inveja, chegando mesmo a descompor gostosamente mulheres-feitas.

Repare que não havia como não se encantar com aquele homem de estatura colossal e variante fula harmonizada com cabelos densos e longos.

Quem resiste? A meu juízo, ninguém.

Quer saber: Severino era um produto muito bem-acabado originário da transversalidade do cruzamento entre raças.

Narcisista ao extremo, orgulhava-se de sua musculatura titânica, premida pelas roupas escolhidas especialmente para chamar a atenção.

Mas era a valentia que o entronizava; Severino era intocável por sua brutalidade.

Figura temida por sua força descomunal, o borracheiro inibia repreensões de maridos desconfiados, que não ousariam desafiá-lo por nada.

O melhor era a segurança conferida por ele a quem dele se aproximasse com segunda intenção.

Homem discreto a ponto de nunca haver comprometido os relacionamentos, ao meio dos quais se lançava, para a satisfação dos desejos carnais de mulheres, em aventuras extraconjugais.

Coisa boa...

Severino era o que pregava, ou seja, um "boca de siri" escrito.

Gostava de ser livre e por isso nunca se deixou dominar pelo amor, como se a liberdade de amar ou deixar de amar fosse um descuido pessoal. Como se aquele primeiro agrado que nos atrai pudesse ser evitável por quem quer que fosse, o que não deixa de ser uma feliz ignorância essa suposição de poucos.

Uma minoria não atenta para os embaraços do amor, feitiço que nos engana a todos, uma vez que em nada somos firmes.

Nossa natureza é mutável e inconstante e, definitivamente, eu nunca li ou vi encanto nem desencanto perpétuo.

Isso! Não freamos o desejo dentro de nós, porque não temos livre o alvedrio para resistir ao objeto amado. Não há, mesmo que se queira, moderação no amor.

Ora, sendo assim, é claro que, em determinada circunstância, Severino viria a cair do cavalo, já que tudo na vida é obra do acaso.

A princípio, não pretendo abordar a queda do amante-mor. O assunto seria por demais comprido e, doutra parte, foge ao escopo do drama. Se ao azar eu tivesse que citar um caso de insucesso, a par deste viriam outros e outros, e seria um não acabar.

Fora da seara amorosa, falando agora sobre as ações de Severino para inverter o grave quadro econômico de Passadouro, até o rigor da justiça o desobrigaria de qualquer responsabilidade sobre as ocorrências em que tomou parte.

9

Quem diria que José Ribamar se apaixonaria por uma figura completamente desconhecida de seu mundo religioso, com quem viria a se casar, confiando em Deus?

Quando se deparou ao acaso, na prefeitura, uma fulana com jeito rebelado, para perguntar qualquer coisa sobre alguém dali, logo o pastor sentiu um frio na barriga e um aperto no coração.

A agitação de ideias de Riba ao esbarrar com aquele olhar feminino foi tamanha, a ponto de ele só gaguejar, sem que respondesse à pergunta sobre o andar em que ficava a sala do prefeito.

Ao que se sabe, fora tão forte a impressão deixada pela moça, que Riba jamais viria a esquecê-la.

No dia do encontro à noite, impressionado com a cena matinal que não lhe fugia, o pastor não conseguiu pregar os olhos, tão abalado o seu estado de ânimo.

Com instintivo proceder, levantava da cama tomado por calafrios horríveis e voltava a cabeça para o céu escuríssimo, recordando a mais amável emoção que lhe deixara uma pessoa.

Essa inércia o desencorajava de pensar no projeto milagroso que tinha prazo para ser apresentado a Vita e a Tê.

A onda atumultuada de sentimentos estranhos que o engolia só se agravaria. Uma paixonite aguda tomou Riba por inteiro.

Tudo veio a um só tempo.

Não era só o furor que aturdia. Para melhor entender a falta de juízo do pastor, há de ser considerada a volubilidade de solteiros em geral numa certa fase da vida, incontinentes na função procriadora.

De um temperamento amadurecido na cultura do Evangelho, Riba faria valer o legado de crenças que havia muito lhe sorria: família, esposa, filhos, netos, fidelidade, igreja e orações.

A hora era aquela, e seria, pois, Carolina o crepúsculo para a realização de seu papel de reprodutor.

Nesse ambiente afrodisíaco, Riba foi providencial ao cercá-la apressadamente para enfim declarar-lhe o seu amor em tom meigo e mavioso. O respeitável chefe de setor de arrecadação do município de Passadouro fora mais um atingido pelas fagulhas de uma paixão arrebatadora.

— Riba, vá com calma, não se precipite, você é ainda um boboca — sussurrei-lhe agoniada.

— Considere a instante necessidade de guardar cautela — continuei.

Riba, nem aí; sentia-se seguro em sua masculinidade. Era muito engraçado vê-lo ao lado de Carol em postura sedutora.

— Feliz da pessoa que ama — acudiu Flávia.

Após o desdobrar daquele primeiro encontro arrebatador, Ribamar não supunha as humilhações pelas quais passaria como protagonista de um drama grandioso.

O pastor não se livraria, em nenhuma circunstância, da fama de marido traído e muito menos atenuaria o moralismo absolutamente falso, marginal e superficial com que se apresentava aos fiéis de culto e à população passadourense, e que lhe fazia um mal danado.

Para ele, o importante era o lustro de sua imagem. Morreria insatisfeito, mas com pleno domínio de sua postura moral. Só Deus sabe...

Riba não chegava a ser infeliz, talvez porque de sua estupidez tirasse proveito para si próprio, embora inumeráveis motivos houvesse para queixumes.

Embrenhava-se por gosto na rotina da cidade de Passadouro, longe de preocupações que não fossem as de reparar o comportamento alheio, forma essa encontrada para encobrir os seus próprios defeitos, os inerentes ao homem em si.

A vida em Passadouro era propícia para quem se deixa ficar à espera da morte ou para os que têm pouco conhecimento do mundo, e, em ambas as alternativas, nesta e naqueloutra, Riba se enquadrava bem.

Como se vê, para viver confinado no dia a dia sem graça de Passadouro, só inventando passatempos, e nessa arte o pastor era um mestre.

Repare o seu cotidiano:

Amestrado nas letras pelo contato dos jornais que lhe chegavam em atraso, Riba fazia uso do material para instruir seus subordinados sobre notícias passadas, sempre em reunião à porta fechada, à medida que os periódicos lhe eram entregues.

Com a publicação em mãos, fazia juízos de valor acerca de temas diversificados que lia, em tom firme, na expectativa de mostrar erudição. Para tudo que reproduzia, franzia o cenho e, como recurso adicional para fazer-se instruído, emoldurava frases de efeito quando o mote da primeira página do jornal lhe sugeria breves comentários sobre preceitos morais.

— A moral está *delapidada, mãs* entrarei *de sopetão* para *degladiar* e *esmarcar* o terreno dos bons costumes — bradava o pastor Riba com furor e ímpeto.

O quadro era um desastre, pois nada quebrava a monotonia de seu débil falar. Nada evitava os bocejos disfarçados de seus subordinados.

Fastidiosas digressões de um fastigioso tagarela não lhe pareciam importunantes.

Riba estava longe de empolgar, mas aos ouvintes não restava coisa qualquer, salvo saudar e aplaudir o chefe com bravos e bis.

No que dizia respeito a assuntos relacionados ao trabalho fazendário, havia agendamento prévio para a discussão de qualquer banalidade, pois assim Riba sentia-se importante perante os contribuintes.

As reuniões programadas não tinham fim, porque Riba adorava criar dificuldades para não resolver a tempo uma besteirinha que fosse, e dessa sorte valorizar a sua autoridade.

Ele também arrogava-se o direito de acumular processos em cima de sua mesa para não deixar dúvidas sobre a sobrecarga de trabalho que lhe era imposta.

Não lhe faltava criatividade para mostrar-se um funcionário padrão.

Não ao acaso estava no mesmo cargo havia muitos e muitos anos, haja vista as manobras aplicadas. O pastor, apesar de tudo, era tido como imprescindível na função.

Ao termo do expediente, a Bíblia de que não se desgrudava era lida, maquinalmente, em voz alta para quem quisesse e para quem não quisesse ouvir. Embora faltasse a Riba a profundidade sobre o conteúdo dos textos sagrados, ninguém dali perceberia a ignorância patente do pastor.

De leitura em leitura ia convertendo um aqui e outro ali.

E assim o tempo livre do servidor público ia se consumindo.

Não há jeito, o farisaísmo sempre termina em impostura.

Lembra-me agora que as contradições do comportamento do homem remontam à infância do mundo, porque nós todos, quando em comunidade, caímos em atitude teatral para esconder quem realmente somos.

São as misérias contínuas da vida em estado gregário que não harmonizam nossa casca com o espírito.

Como o ócio e a fofoca andam par a par, Riba observava a vida alheia com muita atenção, pois era crítico por hábito, despeitado por instinto e incapaz de manter sigilo sobre confidências que lhe segredavam, o que é pior.

O pastor gostava de ouvir *causos* só para falar mal da vida dos outros. Mas um dia passou a ser o alvo preferido de troças na cidade, quando abandonado por Carol, poucos meses após a cerimônia de seu casamento.

Nessa época se recolheu e encolheu a língua.

Com o choque da separação de corpos, as bagatelas do amor vieram a ser pretexto para violar, sem maior embaraço, a arquitetura do sistema doutrinário que lhe fora imposta por seus pais pastores desde criança, que não era mesmo cumprida, em razão da própria contextura do ser pecador.

Nisso, uma reviravolta sem tamanho revelar-se-á.

Com o coração partido, imbuído de uma determinação irremediável de resgatar a sua inteireza moral, Riba protagonizou um roteiro marginal, acomodando o contraditório às conveniências de um pensamento totalitário. Haveria de ficar rico para se impor perante a cidade e não dar margem a difamações.

Para os passadourenses, no entanto, o pastor fora e sempre seria um cidadão cheio de escrúpulos.

Que não julguemos Riba precipitadamente. Façamos nós um exame de consciência e tenhamos em conta que somos tão insubordinados como ele.

O bem proceder, no fundo, depende também da sociedade que nos cerca, donde se conclui que não somos virtuosos por natureza, mas sim por conjuntura.

Em suma, nunca estivemos perto de ser discípulos dóceis, prontos a cumprir as decisões do Mestre, pois a ocasião é que determina se convém praticar o vício ou a virtude e, não sendo lícitas a transgressão e a crueldade, ao menos as circunstâncias as justificam, pois os homens manipulam as regras e, por hipocrisia, escondem as próprias intenções.

Por certo há quem repare que o criminoso venturoso faz justas as suas ações, mas sem dó imputa ao outro uma culpa atroz a um leve delito dele.

Nos tempos de agora, podemos avaliar que não há mal maior que não tenha sido legitimado para ser tolerado. Quantas foram as alegações em nome de Deus empregadas em prol de interesses humanos para os fins mais injustificáveis?

A guerra pela razão não tem fim.

Aproveito a azada ocasião para participar que a paixão irracional de Riba por Carol, que foi agasalhada na simpatia do pastor, duraria o resto da própria vida, porque Riba não era outra coisa mais do que um ser comum tomado por paixões viciosas.

10

O amor à primeira vista pela rapariga linda e faceira prestemente desembocou em casamento.

Sem que fossem cumpridos os preliminares de um namoro tradicional, a boa-nova da união entre Riba e Carol fez-se um bulício enorme entre os moradores de Passadouro, tão logo souberam da data do casamento do pastor com a fulana de casta desconhecida.

— Mas já?! Misericórdia! — indagavam uns.

— O pastor deve estar tomado pelo demo. Pobrezinho! — saía outro com mais essa.

Eu mesma fartei-me de predizer que aquela intempestividade não me cheirava a mim nada bem.

Embora tido como asceta pela população, ninguém mais fantasioso que Riba no sonhar grandezas e delícias, de forma que, no ardor da paixão, resolveu casar, julgando-se o mais experiente dos homens.

Como semeava para si a inépcia, Riba se encarregou da organização da cerimônia religiosa, porque o rigor moral da ocasião exigiria dele o máximo de empenho, coisa que não caberia compartilhar, a seu sentir, com mais ninguém, porquanto tinha medo de que algo delegado a terceiros saísse fora do lugar e comprometesse a sua honra.

Cego, tomado por um amor virginal, puro e ardente, Riba errava ao julgar Carol uma garota muito pouco vivida para assimilar as convenções e as formalidades de um evento de tamanho porte.

Não há maior injúria do que o desapreço ao sexo frágil.

Havia, contudo, mais coisas, que o pastor escondia de sua noiva e que ficavam por detrás de toda aquela aparente austeridade.

Levando-se em conta os tempos bicudos de Passadouro, Riba queria a autonomia necessária para livremente compatibilizar os gastos gerais da cerimônia e da recepção de casamento com o parco orçamento que havia destinado para a ocasião, coisa que mulher nenhuma saberia fazer.

Riba sempre fora mão-de-vaca.

Está visível que não seria fácil a convivência de Carol com um homem que, além de vezeiro no controlar cada vintém desembolsado, era metódico ao extremo e adaptado a mesmices odientas.

Quem aguenta?!

Tão logo a data do casório foi determinada, as lufa-lufas antecedentes começaram, sob as barbas de um povo ressabiado, regido por Meu Rei, que, sem dar a explicação satisfatória, se mostrava guarnecido de certezas misteriosas sobre o fracasso iminente daquele vínculo.

— Contribuinte, não coloco a minha fé nessa união — limitava-se ele a dar um parecer seco quando indagado em conversa reservada na prefeitura.

— Riba tem cara de chifrudo — vinha o prefeito com essa no meio de amigos. Daí a risada era coletiva.

É lógico que o prefeito não estava munido só de um pressentimento natural. Pelos modos, o inusitado estaria por vir, e ele já sabia de tudo sobre a noiva.

Naquela conjuntura, que outras conjeturas podia ele fazer?

Pobre do Riba que, envolvido num paraíso terreal, não perceberia, nem mesmo na intimidade de um casal, que Carolina estava em direção oposta à sua, quer nos princípios quer na índole de ideias, uma vez que, corrompido pelos beijos profanos de seu par, nada notava, nem mesmo se chocava com a vulgaridade da plebeia.

Quem teria dúvidas do futuro funesto reservado ao pastor?

Chegado o dia marcado, o rito religioso contou com leituras bíblicas, não dispensou músicas cantadas e tocadas nem flores que aos montes compuseram a decoração.

Riba estava um luxo.

Via-se no noivo o prazer inebriante de mostrar a *toilette*, imaginando-se um personagem ilustre em cena cinematográfica.

Trajava-se na ocasião com a mesma decência de sempre sem jamais relaxar o rigor de seu figurino: colete talhado geometricamente e gravata, casaca e calça preta, cabelo rente, barba cerrada e bigode rapado, sapatos de fivela, meias escuras e corrente de ouro – essa, herança dos tempos de gala de sua família de pastores falidos.

Impassível, a noiva bela na simpleza de suas feições, com fisionomia serena, olhar dominante e altivo, não demonstrava a mínima alteração; não parecia nem um tico assombrada, nem embevecida.

Riba, apesar de vexado, era só orgulho, mesmo com a ausência que o abateu na cerimônia de convidados grados na alta cúpula da igreja da capital. É que ele estava cansado de viver à porta da estalagem social.

Riba era louco por dinheiro, mais para ser aceito pela gente da alta, a propósito, por desconhecer as futilidades da sociedade humana, que pesam sobre o Universo.

As tradições foram cumpridas conforme o planejado, e o ápice da cerimônia se deu na troca de alianças, quando Ribamar, com as pálpebras inchadas de pranto, repetiu *ipsis litteris* os termos normatizados pela tradição:

— Que esta aliança seja símbolo puro e imutável do nosso amor.

— Falaste bonito, hem, Riba. Dá-lhe! — expressei-me por mímica dando um soco no ar, a certa distância dos noivos e do público.

Fazer o quê? Quem interferir pode na vida de outro?

Vi, então, que os votos de amor eterno firmados diante do celebrante e de uma plateia de devotos provocaram emoções vivas em todos os presentes.

Como é bom ser conhecido apenas pelas aparências, não?

Após a consumação do vínculo firmado por Riba e Carol, todos os presentes, pelo dia diante, compartilharam do regozijo íntimo sem termo, que não arrefeceu nem no dia seguinte, no espaço de vivência de Vita, ao passo que se banquetearam nos comes e bebes, na abundância do queijo, do lombo de porco, dos doces saborosíssimos, dos presuntos e das muitas coisas que foram regateadas por ocasião da compra para serem servidas na festa, após a solenidade.

A festa fora impecável e digna de nota e, pelo visto, Riba na pechincha não deixou por menos, simplesmente porque fartura a preço camarada só com um choro daqueles.

D. Vita, presente, foi tratada com toda a consideração, pois, em negociações passadas com o pastor, não pôde menos de aquiescer à barganha do noivo, a ponto de abrir mão do valor total da locação de seu espaço de vivência, que foi cedido gratuitamente não só para o culto religioso senão também para a festa.

Conforme idealizado, tudo correra às mil maravilhas e com pouco gasto.

Consecutivamente a isso, viria a noite de núpcias, momento em que pastor Riba, desastrado, feriu as expectativas de Carolina, que logo percebeu se tratava de sua primeira relação íntima.

Estamos em que as decepções não pararam por aí.

De coração hirto, Carol havia se vendido vezes sem conto, e por milhares de vezes ensinado o alfabeto do amor a bobocas, mas não por algumas moedas de prata, visto que não quereria envelhecer no ofício, de forma que, em poucos meses de casada, se lhe dissiparam como sombras de fumo as ilusões de uma vida fácil ao lado de Riba, um ente repugnante de sovina.

Assim, tudo se desfez, tudo se foi, tudo se acabou, restando-lhe a ela partir-se para outro mundo.

Sendo filha da luxúria, Carol haveria de ter uma alma blindada de desesperos, e a tinha!

Somos todos servos do interesse.

A moça era fria como a morte.

11

Desde que fora excluída por Riba dos aprestos matrimoniais, Carol não mais idealizava uma vida boa a dois, pois, como se já não fosse muita coisa, o regramento econômico imposto pelo pastor, além da tara dele por sexo, um controle cruel, quase patológico, passou a ser exercido sobre a individualidade de Carol, nos aspectos mais banais da estética feminina.

Até que Carol poderia ter tolerado um casamento falido, se o mal-estar na cama fosse apenas um detalhe, já que Severino se lhe havia mostrado um amante perfeito em diversas ocasiões.

A censura de Riba para com a sua mulher começava ao acordar, antes do bom-dia matinal, com um lero-lero da soberania de uma beleza interior e de uma simplicidade no trajar sobre sensualidades e modismos, até chegar ao clímax, quando o pastor desdenhava o linguajar de Carol. Era ela falar uma palavra qualquer com o "s" chiado do carioca, e um auê retumbante ganhava corpo.

A coisa subia de ponto, outrossim, quando Carol se vestia com decotes e calças compridas, dado que, na opinião do pastor, a concepção de servas de Deus indigitava um figurino indecoroso para mulher de respeito.

Como estivesse em permanente pregação, a conversa dentro de casa era invariável:

— Nada de *bijouteria*.

Ou

— Você está muito *femenina* para a ocasião.

Ou

— Uma aluna de Deus deve ser *áustera*.

E assim o pastor beirava o histerismo de uma paixão atormentadora, alimentando-se da crença de poder e domínio masculino sobre uma mulher.

A descompostura de Riba na intimidade merece conto também.

O ato sexual era feito às pressas, de luz apagada, sob cobertas, pouco lhe importando a ele as zonas erógenas de um corpo feminino, malgrado as orientações de Carol, que lhe passavam batidas.

Assim, em pouco tempo, o que mal começava logo se acabava, sem delongas, deixando a desejar as expectativas de sua mulher, que não eram lá tantas assim.

De maneira geral, Riba era um descuidado para tudo, mas no ato sexual era um fiasco ao fazer pouco caso dos apelos de Carol por um sexo menos afoito, ato esse que a remetia aos tempos deploráveis de cortesã no Rio de Janeiro.

No quarto ou no banheiro, em pé no meio da sala ou num lugar qualquer em que pudesse se apoderar de Carol, era regra pétrea do pastor consigo mesmo o tolher do som inebriante de seu gozo, com a ajuda de sua gravata, cujo nó abocanhava por entre os dentes para lhe servir de mordaça, tal como aprendera na catequese.

Os grandes mestres da cultura religiosa evangélica, para quem a promiscuidade em relacionamentos é coisa do capeta, chegaram na ocasião dos ensinamentos a distribuir cartilhas aos calouros normatizando o comportamento sexual entre casais na hora do *vamos ver*.

Sobre isso, Riba tinha tudo guardado na cabeça.

Como nada na vida é ao acaso, foram a inexperiência de Riba e o profissionalismo de Carol os responsáveis pelo amor virginal do marido à mulher.

Carol era para Riba o símbolo de alma pura.

Sem esperança de dias melhores, Carol, que nunca tivera a pálida ideia de um futuro tão nebuloso para si, não perdeu tempo ao desaparecer em busca de novas oportunidades na cidade grande, de onde veio, por dar com os burros n'água, ao acreditar que seria diferente uma vida interiorana.

Esteve ela, um dia, segura de seu sonho de aposentadoria precoce por meio de uma união formal com algum partidão de fora da capital.

Se Carol quebrou a cara, e isso eu não posso garantir por ora, não foi por falta de aviso de Meu Rei.

Pronta para outra, a moça saiu fugida de mãos vazias sem deixar rastros, acobertada pelo prefeito.

A prostituição, sem dúvida, seria a solução natural para a sua vida de pobre.

Agora é que são elas!

Não é qualquer um a enfrentar impávido tanta humilhação como as tantas a que Riba se arrostou.

Assim que viu o guarda-roupas de Carol sem uma peça, o pastor não acreditou ter sido deixado pela esposa.

O episódio de dor agravou-se na proporção da transcorrência dos dias.

Uma tristeza de morte, nunca remediada totalmente, o arrebatou por longo período.

Inicialmente, passou pela cabeça de Riba ser uma ausência temporária a dela, talvez uma tentativa de reconciliação sua com os pais.

Engano!

O tempo, só o passar do tempo, fê-lo assimilar a dura realidade do abandono. A decepção do pastor para com essa verdade foi de cortar o coração.

Quanto à outra verdade, a da escolha de Carol feita a si própria tão logo pegou corpo de moça, dessa Riba nunca veio a saber.

Na cidade, diziam-na cocote desde a minoridade, fofoca fundamentadíssima, que foi plantada por Meu Rei, a respeito de que Riba fazia ouvido de mercador, por não lhe passar por cabeça praga dessas.

Tão logo caiu na banalidade do clichê, Riba de censurador passou a ser censurado.

— *Cooooooooooooorno...*

— *Cor... no...*— com todas as letras e sílabas.

— *Chifrudoooooooooo...* — ladravam os marmanjos passadourenses pelas costas de Riba.

Os antipatizantes, esses então não se cansavam de marcar de grampudo o pobre homem.

A fama fez corpo e veio para ficar.

No auge do disse me disse, seus perigosos colegas, todos eles falsamente resignados, ofereceram-lhe, como abutres em torno de cadáveres, suas condolências despudoradamente.

Imprescritíveis foram, então, os agouros do prefeito lá atrás.

Meu Rei nunca fora fácil. Sem compaixão, dava o cavaco por uns bons dichotes sobre infidelidade conjugal, estivesse onde estivesse, saracoteando-se todo quando o nome do pastor era insinuado.

Riba tornou-se alvo de fuxicos, piadas infindáveis e pilhérias de mau gosto, fatos esses que o levaram a uma lamentável debilidade física e consequente afastamento de suas funções públicas em luto crônico.

As raízes do pesar do pastor estavam nas lembranças invasivas de um amor perdido e na incerteza da volta da mulher amada. Por um bom tempo Riba desesperou-se com perguntas sem respostas, tendo-se aliado à esperança para mitigar a dor da saudade.

Quando ele saía de casa, logo voltava, pois não se convencia de que Carol não estaria por lá e de que nunca mais a veria.

Embora não fosse vista ou ouvida, a impressão que Riba tinha era a da presença constante de Carol ao seu redor, como uma sombra, coisa que o encorajava a enfrentar as zombarias a ele dirigidas.

A essa altura do campeonato, Carol já estava muito bem empregada, longe dali.

Quando perguntado: "Cadê Carolina?", Riba respondia que estava vivinha e que eles iriam ver só.

Sem deixar transparecer sua descrença, falava firme:

— Minha *cônjugem* vai voltar, vai sim.

De um dado dia em diante, Riba passou a ter medo de tornar ao lar, permanecendo, assim, abancado na praça central de Passadouro até altas horas, como um indigente, imóvel, porque a solidão dentro de casa lhe causava pânico.

Apesar das galhofas a que foi submetido, Riba não perdia as estribeiras em defesa da ex-esposa, por quem botaria a mão no fogo até seus últimos dias de vida, se necessário fosse.

Bastava ele imaginar as vibrações que a loucura do prazer provocara, para defendê-la de impropérios como um danado:

— O comportamento de Carolina é *impóluto*.

Ou

— Carol é a mulher mais *púdica* da face da Terra e companheira *prezeirosa* — explicava, com toda calma, o pastor, com inflexões variadas, para quem estivesse por perto, quando lhe dava na telha.

À medida que o tempo passava, a sensação de perda irremediável, que só agravava, era amenizada por rompantes de choro e por gratas recordações vivas.

Fosse ele um próvido representante da macha casta e não estaria provido de visíveis cornos.

Nesse período Riba procurou dar sentido ao que acontecera evocando a Deus.

— É vontade *empreterível* de Deus — suspirava o pastor.

E assim ia levando a vida, ora evitando pensar em perda definitiva, ora achando que tudo voltaria ao normal, ora crendo numa desintegração irremediável de seu casamento.

— Ei, Riba, não se recupera uma pessoa morta — alertei.

A contradição da crença era parte de seu mecanismo de defesa.

Dentro dele uma cousa inexplicável: certa virgindade infantil, que o não largaria jamais, que o faria semear os fragmentos de uma convivência picante junto ao vedado fruto. Haveria de esperá-la até a morte.

É ocioso dizer que chegara ao fim uma vida serena e sossegada que aquele homem programara para si.

Se tomarmos como fato consumado que perdas são comuns em nossa vida, a experiência do luto viria a fortalecer o pastor e lhe dar maturidade.

Os tempos de transição são também tempos de oportunidades.

Nesse decurso, fazendo uso de suas economias, Riba fundou o seu ponto comercial em busca de um novo objetivo.

Para o viúvo, o mundo mudara de maneira radical. Riba, mesmo enlutado, viria a fazer importantes mudanças em sua concepção sobre o mundo.

O pastor teria uma nova identidade: Riba viria a ser um novo homem.

É confortador saber que somos criaturas adaptáveis e que em longo prazo grande maioria das pessoas supera acontecimentos, os quais no passado lhe causaram tanto desespero e sofrimento.

12

Tê e Riba não ignoravam as possibilidades de que Vita dispunha para a inventiva de um milagre original, ancorada nas fantasias que o catolicismo com seus esplendores lhe oferecia.

Há muito habituada a fazer uso de preceitos místicos com destreza, quer em suas bênçãos ao povo, quer no consolo de agonias, Vita sentia-se mais que muito segura em sua capacidade profissional manifesta.

Dessa sorte, por conhecer no suficiente a doutrina cristã, apenas ela para dar graça a sem-gracices e enobrecer um incidente banal para, enfim, protagonizar em pessoa o complô e, com isso, elevar-se acima das estrelas.

— Poder é querer: vou criar o milagre mais milagroso do Universo: hei de vencer na vida — repetia inúmeras vezes o mantra como uma prece.

A vida não se pode dizer que não desperte a nossa imaginação.

Na infância, Vita fez das santas as suas fadas e, daí para a frente, tornar-se missionária da palavra de Deus foi o caminho que buscou para si, não somente pelo prazer mais ainda por necessário, e com tal fervor, a ponto de, ainda garota, fazer um pacto de sangue com o Misericordioso, a quem jurou fidelidade eterna em troca de um lugar com mil luzes no céu.

Nada é de graça, nem na vida nem na morte.

No que respeita ao achar do povo, Vita era tida por destacada intermediária entre criaturas e criador, razão pela qual o número de seguidores seus nas cerimônias do centro de vivência só aumentava. Explica-se: cooptar fiéis para dentro do catolicismo era coisa fácil para a religiosa, visto que ela garantia, antecipadamente, o perdão aos pecadores no julgamento final.

Daqui parece que resulta um forte diferencial seu sobre os mais religiosos de Passadouro.

A religião era para Vita também um meio de vida, com o qual ela complementava a sua renda mensal, ora consolando um sacrílego aqui em troca de vintém, ora rezando o Evangelho para um doente ali por um preço menos vil, ou ainda pregando em praça pública com o chapéu ao chão ou nas ruas, quando a coisa estava preta.

Se o rito que presidia ocorria em seu espaço de vivência, não preciso dizer, as doações a favor da casa não deixavam a desejar. Era Vita ressaltar o Salmo vinte e três para a moeda pingar:

— O SENHOR é o meu pastor, nada me faltará... — dizia Vita, reverente.

— Pois é dando que se recebe... — respondiam os fiéis, no mesmo passo que depositavam as contribuições na cesta de oferendas.

Sucede observar que a marca perpétua das celebrações semanais promovidas no espaço de vivência eram as ladainhas cantadas em tom fúnebre por Vita e que provocavam choros, lamentações e ais angustiosos das gentes da redondeza, consternadas com seus fecundos sermões em momentos dados da celebração.

Mais ainda.

Durante o culto, ocorria os fiéis persignarem-se, sem que se percebesse, em sinais, para o afastamento de maus fluidos, fosse pelo teor do sermão, fosse pelas superstições infundadas que lhes vinham à cabeça, sem mais nem menos.

Os homens enganam-se com o que imaginam.

Nos vazios de uma atividade e outra, por ser incansável na liturgia da palavra sobrenatural, Vita tinha por hábito perambular em todas as direções de Passadouro do Norte, à espera do povaréu que a ela se dirigia, em busca de infindáveis orientações.

Ao ouvirem palavras de força, ditas por ela com uma simplicidade primitiva, os desassistidos do próprio sentido saíam renovados e prontos para uma nova etapa.

Vita, que era respeitadíssima na região por ser uma mulher de fé viva, causava comoção de levar desamparados às lágrimas.

Não há como negligenciar a vocação de que ela dispunha para o trabalho que escolhera para si.

Como catequista cristã, ela exercia uma influência acentuada sobre a gente inculta de Passadouro, pois que com suas prédicas sobre a lei de Deus avigorava as almas condoídas, robustecia espíritos desventurados e fazia resplandecer no desgraçado a esperança do paraíso eterno.

Quantas não são as vezes em que nossa ignorância nos preserva?!

Por isso tudo era impossível não cair nas incitações de Vita, e mais impossível ainda seria não crer na autoria de um milagre, com ou sem precedentes, que ela viria a criar.

Eu, no meu íntimo, acho que no fim qualquer coisa vai dar certo.

Como uma sacerdotisa errante, Vita consolava pessoas em penitência no mesmo passo que as impregnava de verdades eternas, instruindo-as sobre as virtudes do reino de Deus, para que aceitassem, com isso, o sofrimento na Terra com resignação.

Enfim, Vita se prestava ao papel de alienar a população com promessas de vida opulenta no além-túmulo.

Está manifesto que Vita era sem dúvida a mais talhada dos três religiosos para o cumprimento do trato firmado entre eles. Impunha-se como virgem, mãe e quase santa. As circunstâncias no geral favoreciam-na.

Quanto a Riba, este não dispunha do equilíbrio necessário para nenhum outro assunto que não dissesse respeito a Carol, ao paradeiro de Carol, às razões de Carol, ao destino de Carol, ao sentimento por Carol, já que variadas eram as cenas de casado que ainda embalavam a sua imaginação e o feriam em seu amor-próprio.

O pastor, que vivia transtornado, fazia do tempo livre momentos de reflexão voltados para si, para Carol e para ninguém mais. Em sua agonia sem trégua, trancafiado em seus aposentos, implorava aos céus alívio das penas de condenado, num rir e chorar de louco, com joelhos dobrados e fronte baixa ao chão.

No tocante a Tê, a falar verdade, desde o pacto inicial, ela tinha consciência de que pouca seria a sua contribuição para a causa milagrosa, uma vez que a religião umbandista, dotada de poucas alegorias, se restringia a atividades assistenciais e espirituais.

Mas o certo é que, por descargo de consciência, Tê promoveu sessões em sua roça mais de uma vez, dirigidas por uma deidade africana que invocava espíritos de várias categorias, como caboclos, pretos velhos, exus, pombajiras e crianças vindos de longe, que para nada serviram.

Qualquer sugestão de milagre passava longe.

Em consonância com a fé das tradições, não faltaram nos encontros espirituais adornos com folhagens nativas e flores aromáticas para o agrado aos visitantes do além, que, apesar de todos os esforços despendidos, não acudiram em socorro.

— Que importa? Basta Vita para dar cor à sombra — rendeu-se Tê à sua impotência com um gemido queixoso.

Assim é – já parece – que o silêncio tenha sido para Tê um tanto mais sábio e discreto. Pelo conseguinte, ela retomou suas atividades usuais.

No que toca aos trabalhos no terreiro, a sequência lógica do rito sob odores indistintos tinha curso com danças, doces cantigas, que corriam à porfia, e brindes ocasionais à saúde de todos os presentes, vivificados com batuques bárbaros.

A atmosfera no todo era de supremo júbilo, composta de uma freguesia indistinta que amava aquele entusiasmo estridente.

Nesse delírio, o espetáculo maior cabia a Tê, que, tomada pelo misticismo e pela animação, se excedia a certa altura da sessão, ao libertar-se da roda de despacho para requebrar-se toda com acrobacias de prodigalidade infantil.

Era Erê manifestando-se com uma profusão de gestos e palavras reparável.

De aí para a frente, seguiam os centos de movimentos contorcionistas que lhe seriam inconcebíveis numa situação ordinária, quando, então, ela se abaixava, depois se erguia para girar o pescoço, ondular as nádegas e rodopiar em algazarra confusa.

Em algum momento da representação, as rendas de suas vestiduras, pitorescas, que se agitavam às cadências de seu rebolado, espanavam lascívia por todo o recinto.

Já naquela idade, Tê esbanjava sensualidade com seus colares de dentes junto ao pescoço, com os seus inseparáveis braceletes em miçangas multicoloridas harmonizados e com a cor de sua boca escancarada, sempre pintada de vermelho.

De fato, ela era uma umbandista de muito bom parecer, que aliava um bom corpo e uma meia estatura ideal de mulher, os quais, conjugados, causavam emoções agradáveis à rapaziada viril que por ela nutria desejos espasmódicos.

A animação do terreiro ia até horas adiantadas da noite, quando as danças emudeciam de todo.

Apenas a reunião terminava, o povo em tropa preludiava palmas, assobiava e lhe pedia bis.

Tereza, que era filha de iorubás, às vezes tornava para dar uma canja a mais.

Havia em Tê muitas outras qualidades que apeteciam mancebos e outros senhores mais: entre tantas, a sinceridade, a doçura e seus lábios impuros.

A princípio e em princípio Tê era dona de si, autossuficiente ao extremo, dotada de espírito verdadeiramente libertino.

Ela, que primava por sua independência, era sempre vista povoada de afetos onde quer que estivesse, sem, entretanto, estar seriamente comprometida com ninguém.

Com estilo, desfazia-se de relacionamentos com a mesma habilidade com que constituía laços amorosos.

Desse modo, ao negar com candura propostas indecorosas de união formal, fiando-se na condição de fêmea solta, descartava os bons partidos sem lhes dar guarida:

— Não zanga, não, com homens só quero deitar e satisfazer a minha carne faminta — explicava resoluta com meneio crioulo.

Tê possuía algo de austero quando falava de sua autonomia. Bem se via que era um ideal nada convencional para a época.

Aos íntimos ela revelava contar com a ajuda de Eledá, responsável por sua sorte no amor, bem assim com patuás ou bentinhos, implacáveis para anular coisa feita, e, finalmente, confessava não abrir mão do sal grosso do acervo, quando sentia que seu coração ameaçava traí-la.

Por várias e ponderosas razões não se apaixonaria jamais, pois "no amor e na vida o triunfo é dos fortes", explicava e finalizava a fala com um "eu sou forte".

Sobre os seus atos sexuais, estes corriam à revelia, sem critério. Pelo que soube, era deleitante a entrega brutal e instintiva de Tê, que em nada se assemelhava a uma cópula meditada.

— Estúpidas convenções, que se danem — dizia ao acordar, estivesse só ou acompanhada, e desatava a rir-se.

Tê, que andava na vanguarda do tempo presente, era aclamada pela população.

É que ela agia com naturalidade em tudo, afinal era maior, emancipada, filha da luxúria e despudoradamente escrava do gozo.

E, sobre amantes, não se corria de confessar que não via agravo à moral pública em tê-los consigo, quantos quisesse. Nada obstante, era tratada com respeito e adoração pelas gentes da região que ficavam imenso satisfeitas com a sua presença.

— Pago as minhas contas — retrucaria a quem ousasse reprimi-la, mas felizmente nunca fora o caso.

Tereza fora espicaçada pelos ferrões do desejo desde bem cedo.

Dá-lhe, Tê!

13

Assim que se afastou de suas funções públicas por força das circunstâncias, Riba foi agraciado por um ato municipal ilegal, em reconhecimento aos serviços prestados ao povo passadourense, o qual dispôs sobre a sua aposentadoria precoce e vitalícia.

A iniciativa foi do prefeito.

Pelo que percebi, o apadrinhamento ocorreu por puro peso na consciência de Meu Rei, que seguramente sabia ser o responsável pela difamação do pastor.

A deliberação institucional logo resultou num ramerrão depravado, que se generalizou, não porque Ribamar não merecesse relevo por seu desempenho nas atividades públicas, não por isso, mas por causa da excepcionalidade do fundamento chulo que motivou a decisão. Estava estampado que o chifre lhe rendera frutos.

— Quê?! Pois agora corno tem preferência na fila? — reclamavam pela cidade.

Veja que o valor profissional de Riba não era, como ele pensava, o cerne da questão.

Como de hábito, Riba não se abalava com os julgamentos que sobre ele pairavam, por ter conhecimento de sua condição de parasita, o que não o inibia de reagir para restaurar o seu bom conceito perante terceiros – única coisa que realmente importava.

Nas oportunidades, Riba reagia de modo racional às críticas, ao sacar de memória seus feitos de servidor desde os remotos tempos, bem como as glórias de que era merecedor, mas nem por isso se responsabilizava pelas decisões e pelos favorecimentos de Meu Rei.

— *Antes que mais nada*, esse *empasse* é *desprovisto* — retrucava convenientemente o pastor com muita parcimônia, embora não entendesse, no fundo, o porquê de ter sido condecorado.

Doutra parte, sobre ser cornudo, essa ideia de forma nenhuma lhe passava pela cabeça.

No que via risco à sua reputação de homem de bem, Riba, mais que depressa, expandia-se em suas manifestações para abafar bulícios.

— *Degladiem* com o prefeito, se de *repentemente* querem me *descriminar* — continuava em defesa própria.

Quem canta seus males espanta.

Como se pode ver, Riba tinha sangue de barata e, via de regra, fazia valer a sua verdade e a sua virtude, ainda que admitisse no íntimo parte das acusações como legítima.

Na ciência de julgar, temos a nosso pesar a consciência plena de nossos delitos, e, se bem ponderamos, não há como encobrir nossa própria razão por arbítrio de nossas próprias paixões.

Havia em Riba, em si mesmo, como há em todos nós, um tribunal de foro íntimo que não apenas o acusava mais ainda o oprimia.

Pelos vistos, então, era a sua reputação presumível de religioso que atraía quase espontaneamente o sufrágio das pessoas.

Nada novo, pois é histórica a existência de multidões cegas que estimam ilustres e exaltam aqueles que, sejam como forem, conquistaram um alto nome. Guardadas as devidas proporções, Riba era parte integrante desse seleto grupo, tido como um protetor seguro da verdade divina.

Ao fim de um circunlóquio, por miúde, Riba repetia quatro frases bíblicas de efeito para arrefecer, a todo pano, espíritos menos resilientes:

— Não julgueis segundo a aparência, e sim pela reta justiça.

— Pai, perdoa-lhes, porque não sabem o que fazem.

— E conhecereis a verdade e a verdade vos libertará.

— Tudo posso naquele que me fortalece.

Em consequência do discurso de Riba, a fama de ladravaz de cofres públicos, manzorra e bocarra voltavam-se sobre Meu Rei, que, acostumado a escândalos, os abafava com o seu carisma peculiar.

No comum das vezes, Riba, que se portava bem diante de certas circunstâncias, desfigurava-se, contudo, em outras.

Certa vez, ele se sentiu aniquilado por dias seguidos, numa abordagem informal feita por um sertanejo.

Foi assim:

— Seu *doutô* Ribamar, me *dissérum* que o *sinhô* tem uma *corrrnera* mais *mió* lá no armazém do *sinhô* — veio um jeca com essa.

— Homessa, que *ultrajem desprazeiroso*! — respondeu trêmulo o pastor, sem, todavia, perder as estribeiras, ao associar a palavra *corneira* a corno.

Nada que lembrasse traição deixaria Riba confortável.

Que outra coisa não é a ilusão do pensamento senão a utopia de homens acordados?!

Riba nunca daria o braço a torcer.

A bem da verdade, o dinheirinho extra que o pastor passou a receber todo mês veio a calhar. A ajuda pública mensal impulsionou as atividades comerciais de Riba, que, satisfatoriamente capitalizado, passou a ser cliente assíduo de atacadistas da capital e revendedor de produtos de grande utilidade em Passadouro do Norte com uma boa margem de lucro.

Ávido de louros, Riba estava enfim disposto a vencer na vida pelo trabalho. Carecia de ser justiçado pelo destino, ascender à nata social e reconquistar Carol, sua aspiração maior.

A essa altura ele andava numa roda-viva danada.

O ir e vir convulsos de Passadouro para grandes centros era inerente à atividade comercial a que Riba se entregara de fato, e vez por outra Vita, que não dava trégua aos integrantes da classe clerical, aproveitava a carona do pastor para dar uma passadinha na diocese da capital, com cuja cúpula andava entrosada, dado que não se furtava a tentar e pertentar apoio para a construção da tal igreja de Passadouro.

Quanto mais Vita insistia tantas mais dificuldades impunha-lhe a hierarquia católica. Absolutamente o não fariam.

— Quem sabe um dia, Dona Vitalina, quando Deus interferir nos planos da congregação católica — manifestava-se Dom Geraldo com ar de poucos amigos.

A propósito, a estroinice de Vitalina era imponderável em todas as suas manifestações, de atos a palavras, pois que chegava à sede sem hora marcada, sem pressa para ser atendida ou para ir embora, postando-se na antessala da entidade, onde ficava pelo dia, e dias seguidos, a ver o vaivém de gentes importantes.

Vita, em desvario, presumia-se parte constitutiva daquela assembleia religiosa, desde o primeiro momento em que fora educadamente recepcionada pelo venerando Dom Geraldo, que na época não fazia ideia do que se lhe deparava.

Quanto a Riba, na cidade grande, ele estava em outra, não raro ébrio de entusiasmo, fora dos limites do município natal, sentindo-se descurado dos habitantes de Passadouro e, consequentemente, de suas obrigações sociais.

Mudara de comportamento e não tinha mais a Bíblia por companheira inseparável.

Pela manhã fazia contatos comerciais e ao fim do expediente, como uma andorinha, andava livre, leve e solto pelas ruas da cidade grande em busca de sexo.

Ninguém de Passadouro saberá..., pensava.

Não à toa, a hospedagem escolhida para os seus pernoites estava em zona de meretrício, preventivamente bem distante da que Vita elegera para si – outra área, ao norte, cercada por igrejas.

Nesse território em que Riba se infiltrou, que era a nata dos errados, vozes de patuscos errantes entregues a pândegas enchiam as ruas num entusiasmo aberto até altas horas, em romaria a casas noturnas de incrível alvoroço, das quais Riba se tornaria freguês.

Foi no Hotel Porto Maravilha, ancorado numa região demasiadamente frequentada por marinheiros que Riba se hospedou e conheceu seu Mimi, o proprietário do imóvel, de quem se tornou amigo e confidente.

Riba, apesar de ter lamentado as dores de uma separação, logo que chegou ao estabelecimento, dizia-se pronto para ganhar o mundo, a qualquer preço, sem reservas ou escrúpulos, pois só muito rico teria a sua Carol de volta.

Senhor Jesus, o homem caiu do céu!, pensou consigo seu Mimi, desde o primeiro encontro, com estranho alarma.

O pastor, em determinada fase de sua enfermidade, de tão doente, chegou a ponto de atribuir a Deus a responsabilidade pelo mau uso do livre-arbítrio que fora concedido a Carol.

— Falando sério, é *empreterível* a mudança da lei divina — desmanchava-se Riba em conversa fiada.

Mas, com o tempo, ele concluiu que o que oferecera a sua mulher, quando casado, não lhe fora o suficiente.

Carol invadia as lembranças de Riba sem trégua. A desesperança de dias melhores o rondava, na mesma proporção que estava seguro de ser vencedor.

— *Cômputo* que uma grande mulher quer um grande homem ao seu lado — convencia-se Riba.

Seu Mimi, não somente um experiente conselheiro, mas ainda um conhecedor de mazelas sentimentais, que não se eximiu de acudir Riba em momentos de dor de cotovelo, tornou-se testemunha ocular da metamorfose do pastor de fazer rirem as pedras.

Com o correr dos dias, na convivência com seu Mimi, a vida de um pastor mais ou menos recatado dera uma viravolta, pois aquele que fora o corruptor de Riba, ao avaliar de saída as suas qualidades, introduziu-o no submundo da contravenção para chefiar as atividades ilícitas de jogos de azar.

Sem a menor sombra de dúvida, seu Mimi, tal como aliciou a Meu Rei e a Carol, fizera-o com Riba, instigando o sujeito à perdição irrestrita.

O desvio de comportamento do pastor não ocorreu, no entanto, sem afronta a seus princípios morais. O debute foi gradual e contínuo.

Ao que consta, Vita de nada desconfiava. Para ela, nada de estranho se passava. Ribamar continuava o homem de sempre.

14

A fraqueza incontida de Riba por sexo se lhe tornou, no devido tempo, um fardo penoso, pois, ao gastar com prostitutas, ia aos poucos dilapidando o seu patrimônio, não controlando as despesas com orgia em casas de tolerância próximas ao hotel de seu Mimi.

Tal qual o pai dele fazia na juventude.

De aí, ao perceber a insuficiência do pastor na administração do armazém, Tê, para seduzir a clientela do concorrente, logo aumentou a variedade de itens em sua vendinha do terreiro, a ponto de Riba, *babau*!, fechar as portas de seu empreendimento por falta de compradores.

Ponto para Tê!

O que salvou Riba da falência, sem dúvida, foi a remuneração do cargo de chefia no jogo do bicho, caso contrário, o destino dele não teria sido muito diferente do de seu pai.

Quem olhava para Riba, quando ele dava as caras no armazém no fim do dia, tinha-lhe pena por estar acabado de magro e de branco, uma vez que, por hábito, trocava o dia pela noite estando ou não em Passadouro. Havia quem atribuísse àquele estado físico uma doença incurável.

Enganados todos estavam, pois sim!

Não bastasse a aparência degradada de Riba, o negócio em Passadouro estava em igual condição, entregue a funcionários que fizeram do estabelecimento a casa de orates, a própria *casa de mãe joana*.

O desleixo na atividade comercial, embora impremeditado, era justificável, pois as ilicitudes com que Riba se engajara na cidade grande rendiam-lhe frutos suficientes para viver a contento, sem que a renda do mercado de Passadouro lhe fizesse falta. Demais disso, se tudo desse errado na nova empreitada, o benefício municipal vitalício lhe garantiria o sustento para viver numa boa, sem trabalhar.

No tocante ao descuido para com os negócios, não deu muito o que falar na cidadezinha.

Quanto àquele vigor sexual do pastor, não seria conhecido jamais a seus compatrícios, que, Deus me livre, se aproveitariam de seu descontrole físico para amaldiçoá-lo. Assim, Riba, que em seu reduto se preocupava com as aparências, fora de sua terra natal fazia das suas.

Nessa época, o pastor, lá em Passadouro, já curtido pela vida, agia com todo o cuidado para não pôr em ventura a sua sagrada reputação, porquanto sabia, por experiência própria, que os passadourenses eram dados a ocupar o tempo ocioso com a ignomínia alheia, de um que outro cidadão, que por descuido se expunha a julgamentos.

O povinho do município era sedento de escândalos.

O que se não diz de amigos...

A presença de Riba em Passadouro passou a ser cada vez mais infrequente.

Enfim, o paganismo lhe cuspira na face, de sorte que suas palavras de ordem parece terem sido relegadas a quinto plano, uma vez que ele estava noutra muito diferente.

Veem-se indo por água abaixo os preconceitos de Riba, à proporção que a intimidade dele com seu Mimi tomava corpo. Malfadados aconselhamentos do dono do hotel, ouvidos face a face, mimavam-lhe o caráter já comprometido.

Seu Mimi era, portanto, o elo para as ligações clandestinas.

Com o tempo, Riba, quase revigorado, passou a considerar com força e esperança o que haveria de vir a seu colo e que lhe fora buzinado a conta-gotas por seu Mimi.

— Se Judas é homem de *súbida* fama, não é *desprovisto* o mesmo destino para mim — convencia-se Riba.

— Calma, Riba, quer ser um horror para a posteridade? Por que você, em troca, não se inspira na vida de Cristo para ser perpétuo? — refutei debalde.

Daqui parece que Riba estava pronto para um novo desafio que se abria à frente.

É raro um mau que não produza algum mal.

Pensando bem, não era uma estratégia de todo ruim diante do objetivo que o pastor traçara para si, pois muitos foram os mal-afamados que se livraram da infâmia, ainda que corrompidos pelo vício e se tornaram históricos.

Somos, então, o que parecemos ser.

Não nos estimam por aí por nosso real valor, já que dificilmente nos consagramos por nossas qualidades éticas.

Dado esse entendimento, em pouco tempo, ao se ver na chefia do jogo de bicho, o pastor vislumbrava para si, dali para a frente, dignidade, admiração e a imortalidade, por ser "impreterível o poder para se ter grandeza", consoante a sua própria cartilha.

Verdade verdadeira.

A partir do momento em que começou a conviver com a prestigiada ilicitude, Riba perdeu a afetação no falar, tornando-se um sujeito articulado em suas exposições, treinado que fora pela Bíblia ao decorar as frases de efeito que ouvia. Tão logo as gravava, repetia-as em ocasiões oportunas:

— Mas que é que determina o certo e o errado?

— O jogo do bicho movimenta milhões, gera emprego e renda para os desvalidos e faz crescente a economia.

— Computo imprescindível a manutenção do jogo do bicho a bem do país.

Riba, que era dotado de qualidades polimorfas, não tardou a ser peça fundamental da nata do jogo ao intermediar com engenho empresários do ramo do bicho com gentes da alta, a fim de garantir o curso de atividades ilícitas multíplices por debaixo dos panos.

Para o exercício da função, tinha portas abertas com os representantes dos Três Poderes, políticos, prepostos de corporações renomadas, coronéis, fazendeiros, empreiteiros, banqueiros, cambistas, membros do corpo eclesiástico, homens de negócios e tantos outros figurões, a quem propunha as mais variadas negociatas, e, quando a trampolinice vingava, entregava em pessoa caixinhas para uns e outros.

Quem imaginaria um passadourense, que há pouco tempo estava mais para corno do que para qualquer outra coisa, ser a águia altaneira da corrupção nacional?

Contudo, não foi sem desassossego que Riba alcançou um relativo estado de graça, dado que o desapego de muitos dos regimentos doutrinários que o refreavam não se deu nem de uma hora para outra nem sem justificativas, implausíveis de si para si, de que fez uso, para frequentar as zonas de meretrício ao redor do hotel de seu Mimi e para assumir esse novo eu cheio de altivez.

Não posso menos de considerar, pois que, coagidos que somos pelo desejo, não seria Riba, nem de longe, instigado por seu Mimi, a se isentar das tentações da carne ou a abrir mão da riqueza.

E sobre desejo sexual, Riba ainda cismava em Carol.

15

Tão logo seu Mimi expôs a Riba as maravilhas das imediações do hotel Porto Maravilha, com mais de cento e cinquenta pensões, as quais abrigavam perto de mil prostitutas, o pastor não demorou muito a baixar na Casa Tókio, de onde se tornou cativo, atrás da fama da dama de robe de seda, que era a mais conceituada gueixa de quantas havia por ali.

Dela não se apossou logo ao chegar porque a fila para o desfrute era longa.

Embora a promiscuidade dos bordéis e o envolvimento de José Ribamar com o jogo do bicho dessem verdor à existência pacata do pastor, ambas as coisas juntas não o isentavam das penitências precoces que impunha a si, antes mesmo do veredito do reino dos mortos.

De feito, seria apenas no encontro com Sayonara, a *borboleta da noite,* que a imaturidade do calouro chegaria ao fim, assim como a coexistência harmoniosa entre eles poria termo às sensações horríveis de culpa e medo que invadiam Riba, todas as vezes que estava nu em pelo diante de uma prostituta.

Até possuí-la, Riba pagava pouco por moçoilas menos gabaritadas.

Não bastassem suas negociações inoportunas e ordinárias com as prostitutas, havia um trauma psíquico-religioso que vigia e viçava dentro dele, que lhe travava o tirar a gravata e o fluxo do vamos ver. Assim, habitualmente, interrompia a atividade sexual sem pedir licença ao par, a fim de se dirigir para um dos cantos do aposento, a pedir perdão baixinho por sua volúpia incontida.

Riba só tirava a gravata ao tomar banho.

Convencido de seu crime capital, em vez de dizer palavras obscenas durante o ato, Riba ruminava rezas específicas antes de gozar, para atenuar as penas do juízo final.

Se ter prazer não lhe parecia divino, dar prazer à parceira

teria consequências funestas. Daí virem as boas normas remediadoras durante a prática do sexo.

Na masturbação, por ser um ato solitário, sentia-se menos suscetível à desonra, pois pecava sozinho, sem comprometer mais ninguém.

Naquele regime de ordem moral, o apagar das luzes do quarto era a condição imposta logo que chegava a casas de tolerância, com o fim de acobertar os rastros de suas façanhas, pois afinal de contas, nada menos comprometedor do que um agravo oculto.

Então era assim: na hora H, para abster-se de gemidos, Riba mordia o nó da gravata, bem como reprimia sem parar as manifestações estudadas da parceira, que, como profissional do sexo bem instruída, se valia das determinações da casa tais e quais, de há muito instituídas pela coordenação da pensão.

Assim, havia escrúpulos e inibição na efervescência do sexo porque Deus era rude no perdão.

Não à toa, a presença de Riba no prostíbulo era, por assim dizer, detestável, mas suportada por profícua, já que a proxeneta lhe metia a faca na cobrança de horas extras, a despeito dos desaforos que ela ouvia, neste instante.

— Essa cobrança extra é um *ultrajem*, é um *ultrajemináudito*! — dizia ele.

Aquele Riba, que outrora fazia cerimônias ao corresponder a agrados de mulheres à toa, no correr do tempo, não mais se incomodaria em ser visto pelo Onipresente em deleite delituoso ou se envergonharia de expressar o prazer do sexo por meio de gritos e suspiros.

Doutra parte, Vita, recolhida ao remanso do lar, era cada dia menos vista na rua, tão entregue estava a novenas, novenas que rendessem milagres.

A vida dela andava tão dura, que até perder o interesse perdera em Dom Geraldo, por quem tinha uma espécie de amor cortês, que a excitava suficientemente para a satisfação de sua vida erótica, sem prejuízo dos tabus que faziam parte de sua herança mental.

O instinto animalesco de Vita que, contrariando opiniões, nada tinha de frígida, era domesticado por sua moral repressora.

O certo é que para cumprir a sua obrigação com seus comparsas, Riba e Tê, rezava Vitalina no meio de velas, flores, imagens e arandela sem que recebesse mensagens precognitivas, ou outra pista que já não estivesse sacramentada no mundo milagreiro, até porque, realmente, já nada dos nadas haveria de inusitado para deslocar o mercado turístico religioso consolidado de outras localidades para Passadouro.

Como no passado lhe haviam tomado a dianteira na criação de milagres significativos, e seu estado de espírito de agora, tenso, não lhe ajudava a canalizar informações vívidas da mente universal para a sua mente consciente, estava difícil receber impressões clarividentes até sob a forma de sonhos.

Por estar bem informada na Bíblia sobre tudo o que lera ou de que já ouvira falar a respeito de luzes coloridas emitidas pelo Sol, de restauração de membros amputados, de episódios de levitação, de aparição da Virgem Maria, de cura por meio de água milagrosa, de mortos que reviveram, de desenganados curados, das pílulas do Frei Galvão, e mais uma fieira de exemplos, que não vale a pena aumentar, desencorajava-se a prosseguir nos seus propósitos.

Atormentada, então, num mato sem cachorro e sem perspectivas, Vita dispersava-se, andava para lá e para cá nos compartimentos demasiado pequenos de seu lar, expunha-se desesperançosa defronte à sacrossanta cruz de Cristo, trocava diálogos mudos com tudo quanto é santo, de joelhos no chão e mãos súplices ao céu, e nada. Nada, nada, nada.

A mulher estava perdida.

Demais disso, em escalada mística para lhe resplandecer as esperanças, Vita entrava pela noite alta, paramentada com sua túnica de brocados e outras vestiduras sacerdotais. Andava aqui e ali pela casa adentro, e ia ao último degrau do campanário, mais para perto da morada de Deus, sem que nenhuma segunda visão lhe surgisse.

O longo martírio seguia por meses a fio e não teria fim. Vita estava a pique de enlouquecer de tão descontrolada. Não tem conto as vezes que a coitada buscou sair da encruzilhada em que se metera.

Enfim, a cota de milagres definitivamente havia se esgotado. Restar-lhe-ia reconhecer-se como uma religiosa incapaz perante os seus colegas de trabalho.

Ó vergonha!

O tempo, que não fazia cintilar expectativas para Vita, aprisionando-a numa causa impossível, em contrário, fora fundamental para o livramento do pastor, que se desvencilhava de todas as disciplinas impostas pela religião evangélica, que o neurotizava.

Aos poucos, fora de Passadouro, renascia um Riba diferente, um Riba de alma renovada, seguro de si, ornado de uma força atribuída àqueles que tiram partido de tudo, um segundo Riba autoritário o suficiente para a convivência com brutos e hábil o bastante para concatenar visões de negócios perante a clandestinidade.

O pastor havia se encaixado como uma luva no convívio com a súcia da prostituição, do jogo, do tráfico e do contrabando.

Nesse estágio da vida, andava à larga, por ser bem remunerado nas atividades de risco que comandava, essas em cujo resultado tinha participação.

Mudara; longe dos passadourenses, o danado nem de longe lembrava o hipócrita de Passadouro. Embrenhava-se na alta classe social, fumava, bebia e voltava-se ao carteado no fim da noite. Fazia de tudo para quem quisesse ver.

Riba convivia com a ambivalência de dois eus diferentes, sem maiores problemas.

Pelo que respeita ao erotismo com Sayonara, graças a ela, a ignorância sexológica de Ribamar iria junto com os preconceitos impostos pela religiosidade desmedida.

A gueixa do quimono estupendo, com quem ele não faria conta de gastos, viria a lhe proporcionar fantasias das mais eróticas.

Portanto, o sexo com Sayonara não poderia ser escamoteado pela forma amorosa com que se desdobraria.

Estava chegando ao fim a paranoia e o poder de Deus sobre o pastor. O amor seria mais forte que o desatino.

16

O primeiro conjunto do alojamento Castelo, em Milagres, bairro a vinte e dois quilômetros de Passadouro, estava perto de ser inaugurado, com festa programada e virgens de luxo contratadas especialmente para atender a um grupo limitado de convidados de peso nacional. Estes foram escolhidos a dedo por Mimi, Meu Rei e Ribamar, que estavam calcinha e sutiã entre si, por serem membros de uma mesma quadrilha, que atuava em várias frentes de trabalho.

A obra, que teve a aprovação imediata do setor de posturas da PM de Passadouro, seria construída no todo por uma empreiteira amiga dos amigos do bando. O negócio foi um negocião, que agraciou a todos com bastante dinheiro desviado durante muito tempo, pois, diante da demanda de romeiros, a incorporação não parava de crescer.

O primeiro encontro, na Casa Tókio, entre os passadourenses Riba e Meu Rei aconteceu sob as mais zelosas leis da mesura, sem manifestações hiperbólicas das partes.

Nesse dia, já ciente do poder de Meu Rei no ramo da prostituição, Riba inclinou-se humilde ao conterrâneo para reivindicar em voz baixa uma agenda especial com Sayonara, por se ver o eterno lanterninha na fila de pretendentes.

— Ora, prefeito, não estou entendendo, eu não saio do último lugar da fila? — indignou-se Riba em atitude bairrista, sem atentar para a realidade dos fatos.

Aí a coisa se complicou, pois Meu Rei e seu Mimi, atemorizados de longa data, sabiam no íntimo dalma que, cedo ou tarde, seriam assaltados pelo inevitável reencontro entre Riba e Carol.

Nesse caso, segundo julgo, a culpa pelo transtorno é de Deus, que, ao criar a mulher, criou também, desde antes do nascimento de Cristo, a obstinação.

Em outras palavras, como no mundo do dinheiro e do poder não se admite traição, alguma saída em grande estilo teria de ser encontrada para que as relações de Riba e Meu Rei fossem preservadas.

Deus me livre vir à tona tamanho ludíbrio.

Há que tempos isso foi!

Nesse meio-tempo, uma jogada de mestre, para evitar ranhuras nas relações íntimas de Meu Rei e Riba, estava nas mãos de seu Mimi.

Por cautela, o pastor reiterava insistentemente suas reivindicações e, ao ver Meu Rei, gritava de longe:

— Mano, *tamos* aí!

Sem escapatória, a fim de atender ao desejo sedento e famélico de Riba por Sayonara, foi-lhe prometida a tal noite de amor no dia da inauguração do alojamento Castelo, lá em Passadouro. Por seguro, longe da presença dos cidadãos de lá, desconvidados para a grande festa.

Nesse ínterim, outras damas da zona iam divertindo Riba na Casa Tókio.

Para quem a estreia fora decepcionante, Riba, na apreciação crítica das circunstantes mais gradas na profissão, chegava próximo à maturidade sexual, graças ao empenho delas.

Afoito-me a crer que a perversidade sexual não mais o constrangia.

Venhamos e convenhamos: as lutas contra tentações são vãs.

Sem exagero, todos sabemos ser o corpo corruptível diante de impulsos delituosos, que oprimem o espírito, num choque de aspirações entre o alvedrio e a razão. O busílis está em admitir, diante de normas morais e religiosas diretoras de nossa consciência, que os prazeres perniciosos corrompem a alma.

Desse modo, desquitado de usanças tradicionais, mas sem abrir mão da gravata e de seu egoísmo sexual, Riba na intimidade vestia-se à maruja, fardava-se ou caracterizava-se à moda de infinitos tipos extravagantes, para satisfazer os seus próprios fetiches, a depender da habilidade de quem lhe daria conchego em seus braços.

Como amor não tomava parte nesses atos...

A essa altura do campeonato, o pastor adquirira conhecimentos empíricos de causarem inveja.

Pelo visto, um estranho milagre ia se desenrolando.

A fim de remediar a espera por Sayonara, Riba era recepcionado, por ordem de seu Mimi e de Meu Rei, na Casa Tókio, com dádivas principescas e por ali ficava em algazarras medonhas pela noite adiante de um nunca acabar, rindo a bom rir de *causos* contados pelos cativos do bordel.

Para espanto de todos, o pastor estava cada dia mais solto.

Sem se dar conta, Riba insubordinara-se às ordens do Governador do Universo, já crendo ser desgraça pequena o desamor a Deus, a quem atribuía o desastre da renúncia de Carol ao seu amor.

Nossos sentimentos são mesmo indômitos, não?

Em outra parte, Vita, muito pesarosa, já fazia pouco caso de si, uma vez que se entregara à derrota.

Cruel situação!

A pobre chegara à triste conclusão de que não seria capaz nem de realizar um milagre, ainda que fosse um verdadeiro que contrariasse as leis normais da natureza, nem de testemunhar outro, fictício, em nome de Jesus Cristo, pois nesse caso seria arriscar por demais a sua prezada reputação, se pegada na mentira.

Qualquer deslize lhe poderia ser fatal.

É de ver que a opinião das gentes, que nos dá assento em lugar firme e eminente, as mais das vezes, também, nos precipita ao chão, ao perceberem nossa vulnerabilidade.

Destarte faltava em Vita não só o poder supremo conferido a divindades, senão também a inspiração.

Ô martírio!

Vita, que padeceria na mediocridade, não fosse uma obra do acaso, despontou como guia religiosa em Passadouro e prosperou pelo mundo afora, no mesmo passo em que crescia o turismo religioso em Passadouro.

epílogo

Coube a Sayonara a venda de seus serviços a Riba.

Como quase tudo na vida transcende a nossa compreensão, o amor de Riba por Carol saíra em definitivo da ordem do dia, mal os olhares se cruzaram no quarto do alojamento.

Foi amor à primeira vista. E o que é mais: amor de derreter coração.

Em suas múltiplas expressões, o sentir é inconstante, porque em quase nada somos firmes.

Bem treinada e caracterizada para a satisfação das taras de clientes, a gueixa estampava no rosto uma maquilagem de pasta branca, pó e rouge. Tinha nos lábios açúcar cristalizado adicionado ao batom e sabia provocar, ao esconder suas formas por debaixo de uma túnica preta de seda tingida com calda e mangas compridas.

Na cabeça, a peruca com prendedores de cabelo completava o figurino, e o lápis vermelho nas sobrancelhas e nas pálpebras fazia oculta a identidade da anfitriã, que não veio a ser descoberta por Riba.

Sayonara desde o início evitou conversação com o freguês e se expressava pelo corpo sem deixar a desejar.

Logo na recepção, fez a habitual inclinação de saudação, para depois distrair o seu cliente com danças, leques e gestos lascivos.

Outras que tais manobras ainda se praticaram.

Sayonara fazia jus ao preço que cobrava, estipulado por Meu Rei.

Enlouquecido de tanto amor, o pastor, que até então tirava das parceiras o máximo proveito sem nada lhes dar em troca, substituíra, na intimidade com Sayonara, sua fome sexual por engenhosas manifestações comuns a homens experimentados.

O contato preliminar de Riba com a gueixa fora regado de palavras ternas.

Se de um lado ela jogava o jogo de um amor falso e fingido, Riba, de outro, oferecia-se-lhe por inteiro, despido e sem gravata, para dar de si o melhor que podia.

O pastor não mais temia a Deus.

Adestrara-se. Transformara-se. Renascera.

O Riba, que fora tocado por um milagre genuíno, havia se curado por inteiro. Estava no certo que era melhor assim proceder.

O tempo arruma tudo.

Um fato aparentemente irrelevante deu pano pra manga.

Ao fim da longa jornada, pela manhã, Riba fora visto por Vita agonizando no meio da rua, morto de tão saciado, bêbado de tanto prazer e sem gravata.

Em estado de choque, a religiosa não se conteve e, juntando as mãos à boca, gritava com entusiasmo, em incrível alvoroço: "Milagre, milagre, milagre!", e evocava ao mesmo instante os santos de sua devoção, que não eram poucos.

Imperturbável e emocionalmente distante, Riba já não se incomodava com a multidão tumultuária em sua volta.

Eis que despontava o milagre da autotransformação.

Quem ousaria negar que Passadouro era um centro de peregrinação revigorante?! Ninguém.

Riba tinha esquecido Carol. Parece que não lhe fazia conta avivar padecimentos longínquos. Ao primeiro conspecto, será que tudo então terminou?

Baldada ilusão!

Agora a coisa era outra: picava-lhe um ciúme doentio, ciúme de Sayonara.

Estava para recomeçar tudo da estaca zero.

Aproveitando que você está aqui, quero deixar um recado importante: a Única quer muito saber a sua opinião sobre os livros. Então curta a página no facebook.com/UnicaEditora, siga a @UnicaEditora no Twitter e no Instagram @unica_editora e visite o site www.unicaeditora.com.br.

Este livro foi impresso pela Gráfica Assahi em papel pólen bold 70g em março de 2019.